KB067595

휴가 중인 시체

〈K-픽션〉 시리즈는 한국문학의 젊은 상상력입니다. 최근 발표된 가장 우수하고 흥미로운 작품을 엄선하여 출간하는 〈K-픽션〉은 한국문학의 생생한 현장을 국내외 독자들과 실시간으로 공유하고자 기획되었습니다. 〈바이링궐 에디션 한국 대표 소설〉 시리즈를 통해 검증된 탁월한 번역진이 참여하여 원작의 재미와 품격을 최대한 살린 〈K-픽션〉 시리즈는 매 계절마다 새로운 작품을 선보입니다.

The K-Fiction Series represents the brightest of young imaginative voices in contemporary Korean fiction. This series consists of a wide range of outstanding contemporary Korean short stories that the editorial board of *ASIA* carefully selects each season. These stories are then translated by professional Korean literature translators, all of whom take special care to faithfully convey the pieceså original tones and grace. We hope that, each and every season, these exceptional young Korean voices will delight and challenge all of you, our treasured readers both here and abroad.

휴가 중인 시체
Corpse on Vacation

김중혁|정이정 옮김
Written by Kim Jung-hyuk
Translated by Jung Yi-jung

ASIA
PUBLISHERS

차례
Contents

휴가 중인 시체 007
Corpse on Vacation

창작노트 087
Writer's Note

해설 093
Commentary

비평의 목소리 115
Critical Acclaim

휴가 중인 시체
Corpse on Vacation

버스에다 전 재산을 싣고 떠돌아다니는 사람이 있다고 들었다. 누군가 그 사람을 취재해보면 어떻겠냐고 말했고, 나는 건성으로 들었다. 그런 사람은 흔하지. 어떤 사람인지 알겠어. 얘기만 들어도. 견적이 나와. 보지 않았는데 얼굴 생김새도 그려져. 수염도 좀 있겠지. 옷 스타일도 알겠고. 인생은 여행이라고, 낭만은 바다에 있다고, 생각하겠지. 내 생각과는 다를 거라는 말을 다시 들었지만 생각을 고치지 않았다. 다른 일에 몰두했고, 석 달이 지난 후 우연히 텔레비전에서 그 사람을 보게 됐다.

생각과는 달랐다. 텔레비전 화면 속의 그는 웃지 않았다. 괜한 웃음도 짓지 않았다. 행복해 보이지도 않았다. 거울 속에 있는 나를 보는 것 같았다. 감기에 걸렸다는

I heard about someone wandering aimlessly on a bus with all his worldly possessions. Some suggested I cover a story on that person, and I just passed. He's a dime a dozen. I know what he's like. I can exactly picture him just by hearing about him. I can even visualize his face even though I have never seen him. He has a mustache. I know how he dresses. He thinks that life is a journey, and romance belongs to the sea. I was told again that he wasn't like what I thought but I didn't change my mind. I concentrated on other projects before I happened to see him on television three months later.

He really wasn't like what I thought. He didn't

이유로 마스크를 쓰고 있어 얼굴 표정이 제대로 보이지도 않았다. 리포터는 버스 안의 물건들에 감탄하면서 설명을 요구했지만 거절당했고, 덕분에 방송은 짧았다. 기이한 사람들을 짧게 소개하는 프로그램이었다. 원래는 좀 더 긴 프로그램이었던 것 같은데, 그날따라 더욱 짧게 느껴졌다. 얼굴이, 특히 눈빛이 뇌리에서 사라지지 않았다.

물어물어 연락처와 현재 위치를 알아냈다. 연락부터 할까, 직접 찾아가볼까. 연락을 먼저 한다면 예의를 갖출 수는 있어도 방어벽이 생긴다. 얼굴 뒤편의 표정은 전혀 보지 못하고, 꾸며낸 표정만 보고 올 확률이 높다. 배낭에다 짐을 챙겼다. 노트북과 녹음기, 간단한 옷가지. 겨울의 시작을 알리는 차가운 바람이 도시에 도착했을 때 나는 남쪽으로 내려갔다. 그즈음 나의 가장 큰 고민은 두 번째 삶을 어떻게 준비할 것인가였다. 확실한 것은 첫 번째 삶이 끝났다는 것뿐이었다. 그냥 온몸으로 깨달았다. 불안과 공포와 환멸과 싫증과 권태와 무력이 액체가 되어 내부로부터 나를 익사시키기 직전이었다. 새로운 아이디어도 없었고 새로운 생각을 발전시킬 배터리도 없는 상태였다. 두 번째 직업을 찾아야 했지만 거기에 걸맞은 재능이 없었다. 나는 죽을 준비

laugh. He didn't crack a pointless smile. He didn't seem happy, either. It was like looking at myself in the mirror. I couldn't see his expression clearly as he was wearing a mask due to a cold. The reporter, awed by all the stuff on bus, asked him for a guided tour, which he flat out refused, so the episode ended quickly. It was a short program on weirdos. I think the program was supposed to be longer but it felt much shorter that day. That man's face, especially his eyes, stayed with me.

I asked around to find out his phone number and current location. Should I call him first or should I just drop in? Calling him first might come across more polite but it will give him room to put up a wall. Chances are I'll only end up seeing his fake expression, not catching a glimpse of his true face beneath it. I packed my backpack. Laptop, recorder, and simple clothes. I headed down south when a cold wind signaling the onset of winter arrived in the city. By that point, my biggest worry was how to get ready for my second life. It was clear that my first life had ended. I could just feel it in my bones. Feelings of anxiety, fear, disillusionment, disgust, weariness, and helplessness turned into liquid that

가 되어 있었다. 이제 와 하는 말이지만 그때 죽었어도 하나도 이상할 게 없었다. 남쪽으로 내려갈수록 온도가 높아졌고, 그게 새삼스럽게 신기했다.

예전에는 버스를 캠핑카로 개조하는 사람들이 텔레비전에 나와도 그 사람들의 마음에 공감할 수 없었다. 그 사람들은 삶의 열망으로 가득해 보였다. 버스를 타고 이곳저곳 다니면서 생활하고 싶다는 말은, 모든 곳을 내 집처럼 만들겠다는 의지였다. 버스를 개조하기 위해서는 시간과 돈이 필요하다. 우선 내부 의자를 다 뜯어낸 다음 바닥을 새로 깔아야 한다. 냉장고나 전자레인지를 쓰려면 전기가 필요하고, 물을 보관할 수 있는 탱크와 펌프도 필요하다. 오물을 처리할 장치도 필요하다.

주원 씨에게는—가명이다. 책을 쓰게 되더라도 실제 이름은 밝히지 말아달라고 했다. 텔레비전에 나왔을 때도 그의 얼굴 아래에는 '버스 여행자'라고만 적혀 있었다—그런 의지가 없어 보였다. 주원 씨의 버스는 여느 캠핑카처럼 개조되지 않았다. 45인승 관광버스 내부에 비해 달라진 게 많지 않았다. 운전석 바로 뒤의 여섯 좌석을 뜯어내고 빨간색 3인용 소파를 놓은 점, 소파 옆 네 좌석을 뜯어내고 음식을 조리할 수 있는 작은 싱크

was on the brink of drowning me from within. I had no fresh ideas, nor enough battery left to develop new thoughts. I had to find my second job but I didn't have the necessary skills. I was ready to die. Speaking of which now, it wouldn't have been strange at all if I'd died then. I was oddly amazed by how it got warmer as I traveled southward.

In the past I couldn't empathize with those on TV who'd remodeled their bus into a camping car. They looked full of passion for life. The idea of leading a nomadic life on a bus meant a desire to make every place like home. Time and money are essential for remodeling a bus. First you must remove all the chairs and lay a new floor. You'd need electricity to have a fridge or microwave on board, tank and pump for water storage. And the sewage disposal equipment.

Juwon—his alias; he asked me not to disclose his real name even if I wrote a book about him, and on television, he was also only introduced as "bus traveler"—seemed to lack in such will. His bus wasn't repurposed like other camping cars. The interior looked more or less like an average 45-seater tour bus. The only difference was a red three-

대를 놓은 점만 달랐다. 내가 보기엔 개조를 하다 관둔 것 같았는데 텔레비전 리포터는 '무척 특이하고 미니멀한 개조방식의 캠핑카'라고 포장했다. 주원 씨는 대꾸 없이 허공을 보았다.

주원 씨를 직접 만났을 때 가장 의외였던 점은 말이 적지 않다는 것이었다. 텔레비전에서는 과묵한 인물로 보였지만 주원 씨는 말이 많았다. 그의 버스처럼 시동이 늦게 걸릴 뿐이다. 음…, 에…, 그러니까…, 그게 아닙니다, 저는…이라는 도입부를 지나고 나면, 머릿속에 떠오르는 모든 말을 입 밖으로 내보냈다. 주원 씨의 말에는 체계가 없었다. 일관적이지 않았고 우발적이었다. 때로 사람들이 그더러 '미쳤다'고 하는 것은 주원 씨의 그런 특징 때문일 것이다. 말을 거는 방식도 주원 씨에게는 중요했다. 눈을 바라보면서 대화를 시작하면 실패할 확률이 크다. 다른 곳을 보면서 넌지시 말을 건네야 그걸 받아준다.

주원 씨의 버스를 처음 만난 곳은 바닷가 마을이었다. 버스는 살아 있는 생명체처럼 바다를 바라보고 있었고, 그 옆의 바닥에 주원 씨가 앉아 있었다. 크지 않은 체구인데다 45인승 버스의 덩치 때문에 주원 씨는 더욱 초라해 보였다. 평일 오후 4시였고 겨울의 저녁이 이미 시

seater sofa that replaced the first six rows right behind the driver's seat, and a small sink for cooking, replacing the four rows facing the couch. It seemed like a half-done renovation to me but the TV reporter embellished it as a "camping car remodeled with very unique and minimal approach." Juwon stared up in the air without a response.

When I met Juwon in person, I was most surprised to find he wasn't too reticent. He was talkative although he'd seemed taciturn on television. It was just that it took a while for him to start the engine just like his bus. After going over the intros with hmm···, eh···, so···, no···, I'm···, he blurted out everything that popped into his head. The way he talked was unsystematic. It wasn't consistent. It was impulsive. That's probably why people sometimes called him "crazy." The way he was talked to mattered to him, too. If you struck up a conversation looking into his eyes, you were highly likely to fail. He responded when you spoke to him obliquely without looking directly at him.

I saw his bus for the first time on a seaside village. The bus, like a living creature, was looking out into the sea, and beside it, he was sitting on the

작되고 있었다. 휴가를 즐기는 것처럼 천천히 해변을 걷는 남녀 말고는 사람이 전혀 없었다. 주원 씨는 걷고 있는 남녀를 보고 있었다.

버스의 왼쪽 옆구리에는 그 유명한 문구가 적힌 플래카드가 붙어 있었다. '나는 곧 죽는다'. 텔레비전 방송에 나간 후 주원 씨의 플래카드는 인터넷에서 잠깐 화제가 되었다. 나도 저 버스 봤다. 버스 개조해서 캠핑카로 만들어드립니다. 연락 주세요. 네가 죽는다고? 그래서 뭐 어쩌라고. 지나가는 길에 봤는데 장의차 본 것보다 더 기분 나쁘더라. 나도 죽는다. 이거 무슨 종교인데요? 버스 여행자 아저씨 반쯤 미친 듯. 저렇게 사는 사람 진짜 이해 안 간다. 조용히 살아요, 좀. 죽으려면 혼자 곱게 죽어야지. 같은 댓글이 적혀 있었다. 나 역시 텔레비전에서 '나는 곧 죽는다'라는 문구를 보면서 기분이 좋지 않았다. 자극적인 말로 이목을 끌려는 사람처럼 보였다.

버스에 동승해도 되겠느냐는 부탁을 했을 때 주원 씨는 쉽게 승낙했다. 그렇게 쉽게 허락했다는 것이 지금도 잘 이해가 되지 않는다. 마치 나 같은 사람이 오기를 기다렸던 것처럼 이야기를 시작했다.

"왜요? 왜 같이 가려고요?"

"솔직히 말할게요. 저는 논픽션 작가예요. 프리랜서로

ground. He wasn't big and looked much shabbier, dwarfed by a 45-seater bus. It was four in the afternoon on a weekday and the winter evening was already starting to descend. Except for a couple strolling along the beach as if on vacation, there was no one around. He was watching the couple walking by.

Put up on the left side of the bus was a placard with the famous phrase: I SHALL DIE SOON. The placard briefly trended on the Internet after he appeared on TV. I saw that bus as well. I can transform a bus into a camping car for you. Please contact me. You'll die? So what? I saw it in passing and it was worse than seeing a hearse. I shall die, too. Is this some kind of religion? The bus traveler seems half insane. I can't really understand why some people live like that. Stop fussing. If you wanna die, be nice and quiet about it. Such were the comments written on-line. I also didn't feel good when I saw the phrase on TV. It came off as a cry for attention with sensational wording.

When I asked him if I could ride along with him, it took surprisingly little convincing for him to say yes. I still don't get it why he gave his consent so

일하고 있고요. 따라다니다 보면 뭔가 재미있는 게 나
올 것 같아서."

"내가 왜 버스를 타고 돌아다니는지 알아요?"

"대충은…… 사람들한테 뭔가 알리고 싶은 거 아니에
요?"

"그런 거 아닌데요."

"버스에다 '나는 곧 죽는다'라고 붙여 놓았는데 왜 그
런 거예요?"

"나는 곧 죽을 거니까요. 죽을 거니까 계속 돌아다니
는 거예요. 한군데 있으면 자꾸 생각하게 되니까 생각
하지 않으려고."

"피해 다니는 거네요?"

"맞아요. 피하는 거예요. 도망 다니는 거."

"어디서?"

"도망 다니는 나한테로부터 도망 다니는 거. 아니면
도망 다니면서 계속 어디로 갈 수 있을지 알아보는 건
지도 모르겠고. 실은 여기에다 절 가두는 거죠. 유폐라
는 말 알아요? 아득하고 깊은 곳에다 가둬 놓고 잠가버
리는 거."

"버스에다 가둔 거예요?"

"나는 버스에 갇혀서 오래 살 거예요. 엄청나게 오래

easily. He started speaking as if he'd been waiting for someone like me.

"Why? Why do you want to come along?"

"Let me be frank with you. I'm a non-fiction writer. Freelance. I thought I might spot something fun if I tagged along."

"Do you know why I go around on this bus?"

"I have a rough idea⋯ Isn't it like you have a message to send?"

"No."

"You put 'I SHALL DIE SOON' on your bus. Why is that?"

"'Cause I'll die soon. I'm wandering around because I am going to die. Staying in one place makes me keep thinking about it. So I'm doing this not to think."

"So you're running away?"

"Right, I'm running away. I'm fleeing"

"From what?"

"I'm fleeing from myself who's been running away. Or maybe I'm constantly looking into where else I could run to. In fact, I'm locking myself up in here. Do you know the word confinement? To confine and lock up in a distant, deep place."

"You locked yourself up in a bus?"

살 거야. 심장을 기계펌프로 바꾸고, 팔다리는 그거 알
죠? 나와라 만능 팔, 가제트. 다리는 무쇠다리. 아니, 다
리는 무쇠바퀴. 머리도 컴퓨터로 바꿀 건데 절대로 업
데이트 안 하고, 옛날 기억만 계속 재생시킬 거야. 그래
서 아주아주 오래 살 거예요."

"기계 인간이 되면 오백 년은 살겠네요."

"오백 년이 뭐야. 천 년은 살아야지."

"그렇게 오래 살아서 뭐하게요?"

"오래 사는 게 목적이 아닙니다. 오래 살기 위해서는
좀 기다려야 되거든. 아직은 기술이 거기까지 못 갔으
니까. 첨단 기술을 내 몸에 부착하려면 오래 살아야 해.
그러니까 오래 살아야 오래 살 수 있는 거야. 무슨 말인
지 알겠어요? 그러고 나서는 죄 사함을 받아야지. 죽을
때까지, 몇 천 년 동안."

"제가 같이 가도 되겠어요?"

"되긴 하지만, 재미는 없을 텐데……"

"사람마다 재미의 기준은 달라요."

"프리님은 뭐가 재미있는데요?"

"재미있는 게 없어서 재미를 찾아다니고 있는 거죠."

"타요. 45인승이라서 자리도 많은데요. 아니지, 소파
랑 싱크대 자리 빼고, 짐을 실어 놓은 자리를 빼면, 현재

"I'll live long confined in here. Extremely long. I'll replace my heart with a machine pump and my limbs··· You know what? Sprout your arms, Inspector Gadget. His legs are iron legs. No, iron wheels. I will replace my head with a computer but I'll never update it. I'll only keep replaying old memories. So I'll live very, very long."

"You'll get to live for 500 years as a cyborg."

"500 is too short! Gotta be at least a thousand years."

"What do you want to live so long for?"

"The goal isn't to live long, as I have to wait a little to live long. Technologies haven't reached that stage yet. I need to live long to install state-of-the-art technologies onto my body. So I must live long in order to live long. You see what I mean? Then I'll have my sins absolved. Till I die, for thousands of years."

"May I come with you?"

"You may but it won't be fun···"

"Everyone has a different standard of fun."

"What do you find fun, Mr. Free?"

"Nothing these days, so I'm going around looking for fun."

"Hop in. There are plenty of seats. It's a 45-seat-

좌석은 서른두 개. 그중에 아무 데나 앉아요."

나 자신을 프리랜서라고 소개한 다음부터 주원 씨는 나를 프리님이라고 불렀는데, 별것 아닌 단순한 호칭이 나를 부끄럽게 만들었다. 그때의 나는 전혀 '프리'하지 않았다.

주원 씨는 운전하는 것을 무척 좋아했다. 평소에는 잘 웃지 않았고 심각한 표정을 지을 때가 많았는데 운전할 때만큼은 누구보다 행복해 보였다. 작은 몸으로 길쭉한 기어 스틱을 능숙하게 움직일 때는 춤을 추는 것 같았다. 낮 동안 주원 씨는 계속 운전을 했다. 길 위에서 행복해 보였다. 직선 도로를 달릴 때는 상쾌해 보였고, 코너링 할 때는 신나 보였다. 처음에는 주원 씨를 관찰하는 입장이었지만 며칠이 지나자 나 역시 버스 위의 삶이 편안해져서 내 집같이 느껴졌다. 음악은 언제나 크리스마스캐럴이 흘러나왔다. 주원 씨가 가장 좋아하는 곡은 다이애나 크롤의 〈윈터 원더랜드〉.

"이름이 다이애나 캐럴인 줄 알았어요. 이름이 캐럴이었으면 내가 더 좋아했을 텐데."

그렇게 말하고 〈윈터 원더랜드〉를 따라 불렀다. 모든 가사를 다 따라 하지는 못했다. "워킹 인 어 윈터 원더랜드"라는 부분만 특히 크게 따라 불렀다.

er. No, except for the couch and sink, and seats for luggage, currently there are thirty-two seats. Feel free to sit in any of them."

After I introduced myself as "non-fiction writer, freelance," he started calling me "Mr. Free." That trifling, simple appellation made me ashamed. At that time, I was in no way "Free."

Juwon very much enjoyed driving. He usually didn't smile and looked serious often times but he looked happier than anyone when driving. When his small body skillfully maneuvered a long gear stick, it looked like he was dancing. He drove all throughout the day. He seemed happy on roads. He looked energized when driving straight roads and excited when cornering. At first I was observing him, but in a few days I also got accustomed to life on the bus, feeling at home. Christmas carols were on all the time. His favorite song was "Winter Wonderland" by Diana Krall.

"I thought the singer's name was Diana Carol. I'd have liked her more if her name were Carol," he said and sang along "Winter Wonderland." He didn't get to sing all the lyrics. He only sang along loudly, "… walking in a winter wonderland!"

"캐럴만 들으면 언제나 12월로 돌아가는 거 같지 않아요? 12월만 열두 번 있는 것도 좋잖아요."

나는 대꾸하지 않았다.

여행 초반에는 주원 씨에게 여러 번 인터뷰를 시도했다. 버스 여행을 시작하게 된 계기, 버스 개조에 든 비용, 가장 기억에 남는 도로 등을 지나가는 말처럼 물어보았지만 한 번도 제대로 된 답을 듣지 못했다. 주원 씨는 늘 이렇게 되물었다.

"그런 게 왜 궁금해요?"

"난 취재하는 사람이니까 궁금하죠."

"나는 프리님이 하나도 안 궁금해요. 왜 그런지 알아요?"

"모르겠어요."

"사람은 얼굴이 답안지예요. 문제지는 가슴에 있고 답안지는 얼굴에 있어서 우리는 문제만 알고 답은 못 봐요. 그래서 답은 다른 사람만 볼 수 있어요. 사람과 사람은 만나서 서로의 답을 확인해줘야 한대요."

"그러면 거울을 보면 되겠네요?"

"거울을 보는 나는 답을 숨겨버리거든요."

"내 얼굴에도 답이 나와 있어요? 뭐라고 나와 있어요?"

"Doesn't it feel like December whenever you listen to carols? It'd be great to have just twelve Decembers."

I didn't respond.

I tried to interview him several times in the early days of the trip. I asked him, as if in passing, what prompted him to travel by bus, the cost for bus remodeling, and the most memorable roads, but never once did I get a proper response. He always asked me back.

"Why are you curious about such things?"

"Cause that's what I do for a living."

"I'm not curious about you. Do you know why?"

"No."

"For us people, the face is the answer sheet. The exam paper is in our heart, the answer sheet our face. So we know the questions but cannot see answers. Only others can see the answers. One must meet with another and check the answers with one another."

"Then you may as well look in the mirror?"

"The me in the mirror hides the answer."

"Can you see the answer on my face? What does it say?"

"29."

"29?"

"그렇게 답이 나와 있어요. 29라고."

"에이 거짓말. 숫자가 보인다고요? 29가 어떻게 나온 답인데요?"

"50에서 21을 빼면 29가 나오고, 10에서 19를 더해도 29가 나오고."

"장난이죠? 정말 29라고 쓰여 있다고요? 무슨 관상 같은 거 공부했어요?"

"스물아홉 살로 돌아가고 싶은가보다."

주원 씨가 농담처럼 그 말을 했을 때 나는 어두운 방에서 누군가 내 어깨에 손을 올렸을 때처럼 깜짝 놀랐다. 스물아홉이라면 경제인들의 인터뷰집을 출간해 베스트셀러를 기록한 해였다. 짧았던 나의 전성기였고, 돈도 가장 많을 때였다. 부모님이 살아 계셨고 사무실을 함께 꾸려가던 친구도 있었고, 최신식 녹음장비도 가지고 있었다. 영원할 것 같던 그 모든 것이 순식간에 사라진다는 게 놀라웠다. 쉽게 가질 수 있다고 생각했던 것들을 이제는 전혀 가질 수 없다.

"어떻게 알았어요?"

"뭘?"

"29."

"29?"

"It says 29."

"Come on, that's a lie. You can see a number? Where is 29 coming from?"

"50 minus 21 equals to 29 and 10 plus 19 is also 29."

"Are you kidding? 29 is written on my face? Did you study physiognomy or something?"

"You must be wanting to go back to when you were twenty-nine."

When he said that like a joke I was startled as if somebody had laid a hand on my shoulder in the dark. Twenty-nine was when my book on a series of interviews with businessmen was published and it became a best seller. It was my brief heyday, when I had the most cash in my life. My parents were alive, I had a friend who helped manage my office, and I also had a cutting-edge recording equipment. It was amazing that everything I thought would last forever was gone in a flash. What I once thought I could have so easily, I could never possess now.

"How did you know?"

"What?"

"That I have 29 written on my face."

"29라고 쓰여 있는 거."

"뭘 어떻게 알아요, 그냥 그렇게 적혀 있어요. 누가 봐도 그렇게 보여요. 그런데 진짜 정답이 29예요? 신기하네."

주원 씨는 모든 이야기를 그렇게 수수께끼로 만들어 버렸다. 언젠가부터 나는 구체적인 인터뷰를 포기했고, 주원 씨의 마음이 흘러가는 대로 몸을 맡기기로 했다. 어느 순간 주원 씨의 얼굴에 답이 떠올라주기를, 나도 그 답을 주원 씨에게 읽어줄 수 있기를, 그 답을 시작으로 나도 뭔가 쓸 수 있게 되기를 기다렸다.

11월 하순 어느 날 저녁, 산길을 오르던 버스가 갑자기 멈춰 섰다. 딸꾹질을 하는 것처럼 몸을 움찔거리더니 아예 움직이지 않았다. 주원 씨는 다시 시동을 걸었다. 엔진으로 전달되어야 할 힘이 어디론가 새어 나가고 있다는 게 소리로 느껴졌다. 열쇠를 여러 번 돌렸지만 엔진을 움직일 수 없었다. 주원 씨는 밖으로 나가 버스를 한번 돌아보았다. 외관에 이상이 있을 리 없었다. 정비에 문외한인 내가 듣기에도 엔진이나 배터리에 문제가 생긴 소리였다.

"우리 힘으로는 안 되겠네요."

주원 씨는 휴대전화를 들고 어디론가 전화를 걸었다.

"What do you mean, how do I know? That's just what it says. It's plain to see. By the way, 29 is the correct answer? That's cool."

Juwon turned all stories into riddles like that. At some point, I gave up on doing interviews with specific questions, and decided to go with the flow as his mind wandered. I waited for an answer to pop up on his face so that I could read it to him and begin to write something with it.

One evening in late November, the bus stopped on its way up the mountain. It flinched as if hiccupping then came to a complete halt. He tried to restart the engine. From its sound I could feel that the power that should be transferred to the engine was leaking. He turned the ignition several times but couldn't start it. He got off the bus to have a look. There was of course nothing wrong externally. Even to a layman like me who doesn't know a thing about auto repair, it sounded like a problem with the engine or battery.

"We can't fix it."

He picked up his mobile phone and made a call. I might have been sentimental then but the way he spoke was oddly moving. "We can't fix it," too,

그즈음의 내가 감상적이었던 탓도 있겠지만, 주원 씨의 말은 이상하게 사람의 마음을 건드리는 데가 있었다. '우리 힘으로는 안 되겠네요'라는 말도 그랬다. 친하지 않던 사람이 갑자기 다가와서 손을 덜컥 잡는 것 같은 말이었다. 당황스럽기도 하고 잠깐 감동적이기도 했다.

늦은 시간인데다 외진 곳이어서 버스 정비사가 곧바로 오기는 힘들었다. 정비사가 새벽에나 도착할 것이라는 이야기를 전하고 주원 씨는 캠핑을 준비했다. 당황하는 기색이 없었다. 버스 시동은 걸리지 않았지만 태양광으로 비축해둔 전기는 충분했다. 주원 씨는 저녁을 차렸다. 냉동 밥은 전자레인지로 가열했고, 역시 전자레인지에 넣어서 뜨거워진 카레를 그 위에 부었다. 매운 양념을 첨가한 참치캔 하나가 반찬이었다. 주원 씨와 나는 빨간 소파에 나란히 앉아서 버스 창문 밖으로 보이는 풍경을 보며 밥을 먹었다. 소파에 앉아서 보는 풍경은 아름답다. 매번 바뀌기 때문에 더 그럴 것이다.

"버스를 몰고 다니는 게 아니라 창문을 들고 다니는 사람이네요. 이렇게 보니까."

내가 혼잣말인 것처럼 주원 씨에게 말했다.

"그렇네요. 그럴 수도 있겠네요."

주원 씨는 쉽게 수긍하고 계속 밥을 먹었다.

sounded that way. It was like someone who'd not been close to you suddenly approached you and took you by the hand. It was both embarrassing and briefly touching.

As we were in a remote area and it was getting late, the bus repairman couldn't come any time soon. He said that the repairman would arrive at dawn at the earliest, then got ready for camping. He didn't look embarrassed. The engine wouldn't start but the electricity saved from the solar panels was enough. He made dinner. He microwaved frozen rice and curry, then served the hot curry over rice. The side dish was a tuna can with spicy seasoning. Sitting side by side on the red couch, we ate dinner watching the scenery outside the window. The view from the sofa was always beautiful. Probably because it changed every time.

"Come to think of it, you're not driving a bus, rather, you're carrying windows," I told him as if murmuring.

"Yes, probably," he quickly agreed and kept on eating.

"Would you like some soju?"

As I took out a bottle of soju from my bag, he looked

"소주 한잔할래요?"

내가 가방에 있던 소주를 꺼냈더니 평생 처음 소주를 보는 사람처럼 병을 들여다봤다.

"안 먹습니다, 술은."

"왜요? 운전자의 철칙 같은 거예요? 밤인데 뭐 어때요. 소주 한잔하면 몸이 뜨끈뜨끈해질 거예요."

"안 마십니다."

부정이 너무 단호해서 더는 권하지 못했다. 참치캔을 안주 삼아 소주를 세잔 마셨다.

창밖 먼 곳에서 작은 불빛들이 점멸하고 있었다. 마을의 불빛이거나 가로등이었을 것이다. 불빛이 켜졌다 꺼지는 리듬에 맞춰 주원 씨는 밥을 씹는 것처럼 보였다. 전과 달리 차분해 보였고, 생각의 끄트머리를 붙들고 마음의 깊은 곳으로 뛰어든 사람 같아 보였다.

그날 밤에 본 장면이 너무 충격적이어서 기억을 내 마음대로 조작하는 것인지도 모르겠다. 그렇게 충격적인 행동을 하기 전에는 어떤 식으로든 조짐이 있지 않았을까.

나는 버스 맨 뒷자리인 5인석에서 팔걸이를 모두 젖힌 다음 잠을 잤고, 주원 씨는 소파에서 잠을 잤다. 우리는 일찍 잠자리에 들었다. 열 시쯤이었을까. 주위는 완

at it as if he was seeing a bottle of soju for the first time in his entire life.

"I don't drink alcohol."

"Why not? Is it some sort of driver's ironclad rule? It's night. Who cares? A glass of soju will warm you up."

"I don't drink."

His refusal was too firm so I couldn't insist. I drank three glasses of soju over a tuna can.

From far away outside the window tiny lights were flickering. They might have been lights or streetlamps in town. It seemed like he was chewing rice to the rhythm of the flickering lights. He looked much more composed than before, as if he'd plunged into an abyss of his mind with a firm grip on the train of his thought.

I might be arbitrarily manipulating my memories as the scene of that night was too shocking. Shouldn't there have been some sign preceding such disturbing act?

I slept on the five-seat row at the back with all the armrests up, and he slept on the sofa. We went to bed early. Was it around 10? We were surrounded by complete darkness. Time was mean-

벽한 어둠에 둘러싸여 있었다. 그런 어둠 속에서 시간은 무의미했다. 적당한 술기운 때문에 나는 곧장 잠으로 빠져들었다. 파도가 철썩이는 것 같은 소리 때문에 잠에서 깼다. 버스 옆에 바다가 있었나. 아니었다. 주원 씨가 양손으로 자신의 뺨을 때리는 소리였다. 두 손으로 자신의 뺨을, 마치 남의 뺨인 것처럼, 아니면 생명체가 아닌 사물을 때리는 것처럼 후려치고 있었다. 두 손으로 한꺼번에 때리기도 했고, 한쪽씩 순서대로 후려치기도 했다. 버스 안의 희미한 비상등 때문에 그 모습은 더욱 기괴했다. 잠에서 깨어나야 할지, 소리를 참고 다시 잠들어야 할지 갈등했다. 알은척해야 할지, 모른 척 눈을 감아야 할지.

주원 씨는 끙, 끙, 소리를 내기는 했지만 비명도 없이 자신의 폭력을 감당하고 있었다. 그 시간이 얼마나 길어질지 가늠할 수 없었다. 나는 누워 있었다. 개입하지 않아야 했다. 지켜보기만 해야 했다. 시간이 좀 더 흐르자 주원 씨는 뺨 때리기를 그만하고, 운전석에 가서 앉았다. 나는 몸을 반쯤 일으켜서 주원 씨가 무슨 일을 하려는지 훔쳐보았다. 운전석에 앉은 주원 씨는 왼편의 유리창에 머리를 찧었다. 쿵, 쿵, 쿵, 소리는 계속 이어졌다. 한참 지나서야 주원 씨는 룸미러에 자신의 얼굴

ingless in such darkness. Feeling moderately tipsy, I fell asleep right away. I woke up to something like the sound of waves crashing. Was there a sea nearby? No. It was the sound of Juwon slapping in his own face. With two hands, he was hitting his own cheeks as if they were someone else's, or a non-living thing. Sometimes he slapped with both hands at once or hit the left and the right in turns. He looked even more bizarre due to the dim emergency light inside the bus. I wondered whether I should get up or go back to sleep and try to ignore the sound. Whether I should pretend to have noticed or keep my eyes closed and wait for it to pass.

Although Juwon was moaning, he was putting up with his violence without screaming. I couldn't fathom how long it would last. I was lying down. I had to not engage. Only observe. After a while he stopped slapping himself and went over to the driver's seat. I sat up to take a peek at what he was up to. Sitting in a driver's seat, he banged his head against the window to his left. Thud, thud, thud, the sound continued. He looked his face in the room mirror after a long while. It seemed like he

을 비춰보았다. 뺨이 얼마나 부풀어 올랐는지, 머리에서는 피가 나고 있지 않은지 보려는 것 같았다. 두 손으로 자신의 뺨을 어루만지고 있었다. 그러고는 '으으으…' 하는 동물의 낮은 울음 같은 소리를 냈다. 우는 것 같지는 않았다. 벌을 받은 아이 같았다. 자신은 나쁜 아이라고, 이런 고통을 당해도 싸다고, 고해성사하는 죄인의 탄식 같았다. 조금 있다가 어떤 말을 중얼거렸다. 내게는 그 소리가 '아냐아냐아냐아냐'로 들렸다. 그 순간 나와 눈이 마주쳤다. 주원 씨는 고개를 돌리지 않았고, 룸미러를 통해서 나를 보았다. 나는 얼어붙었다. 몇 초나 지났을까. 지금 본 것을 누구에게도 말하지 않겠다는 맹세처럼 나는 손끝 하나 움직이지 않았다.

주원 씨는 운전석에서 일어나 버스 밖으로 나갔다. 문을 닫고 소리를 지르면서 달리기 시작했다. 소리가 버스로부터 멀어졌다. 멀어지는 게 다행이라는 생각이 잠깐 들었다. 그러나 곧 걱정이 시작됐다. 어디로 달리는 것인지 나가봐야겠다는 생각이 들었지만 몸을 움직일 수 없었다. 삼십분 후에 주원 씨가 버스로 돌아왔다. 괜찮아요? 내가 물었는데 존재하지 않는 사람인 것처럼 나를 지나치고 소파에 쓰러졌다. 주원 씨는 금방 잠으로 빠져들었다. 밤새 나는 잠을 이룰 수 없었다. 잠이 드

was checking how swollen his cheeks were and if his head was bleeding. He was soothing his cheeks with both hands. Then he made a low sound similar to animals' cry, Err··· err··· It didn't sound like he was crying. He was like a child being punished. It sounded like a sinner's sigh, confessing that he had done evil, that he deserved this much pain. Then he muttered something. To me it sounded like, Nonononono. At that moment, our eyes met. He didn't turn around but looked at me through the room mirror. I froze up. Had a few seconds passed? I didn't move a muscle as if swearing that I wouldn't tell anyone what I just saw.

Juwon stood up from the driver's seat and went outside. Closing the door and screaming, he began to run. His scream gradually receded, away from the bus. I was, for a brief moment, relieved to see him running away. But soon worries creeped in. It crossed my mind that I should check where he was running to but I couldn't get my body to move. Thirty minutes later he came back. Are you all right? I asked him but he collapsed on the sofa, passing me by as if I were non-existent. He fell asleep quickly. I couldn't go back to sleep all night

는가 싶으면 내 안의 누군가가 나를 깨웠다. 잘 때가 아니야, 무슨 일이라도 생기면 어쩌려고 그래? 새벽에 누군가 버스 문을 두드렸다. 정비사가 버스 배터리와 부품을 교체하는 동안 짧고 깊은 잠을 잤다.

주원 씨는 전날의 일을 잊은 사람처럼 계속 운전했다. 얼굴에는 붉은 기운이 남아 있었다. 부어 있기도 했다. 나는 어떻게 행동해야 할지 알 수 없었다.

"내가 이러는 게 이상하지요?"

본론으로 곧장 뛰어드는 것도 그의 화법이다. 나는 대답을 하지 못했다.

"끔찍하지요? 어젯밤에 본 것들이 다 무슨 일인가. 폭력에 취한 중독자처럼 굴었죠. 그 아이는 12번 창가 자리에 늘 앉았습니다. 저기서 볼펜으로 자기 얼굴을 긋고 있었는데, 볼펜은 나오질 않아요. 얼굴이 벌겋게 부풀어 오르기만 할 뿐 잉크 자국은 남지 않으니까. 다 쓰고 난 것이거나 아예 볼펜심을 뽑아버린 것인지도 몰라요. 아무도 자기를 보지 않는다고 생각했지만 나는 여기서 나를 기다리고 있었으니까 전부 다 봤죠. 가끔 커터를 쓰기도 했어요. 커터에도 종류가 많은데 아주 가느다란 거였어요. 두꺼운 건 과시하는 사람들이 쓰지요. 내가 잘 알아요. 나도 전에는 가느다란 커터를 쓴 적

long. When I finally thought I was asleep, someone inside me woke me up. This is no time to be sleeping. What if something happens? Someone knocked on the bus door at dawn. While the repairman changed the battery and parts I had a short but deep sleep.

Juwon kept driving as if the previous night hadn't happened. His face was still reddish. Also swollen. I didn't know how I should behave.

"Do you think I'm weird?"

Diving right into the point was also his way of talking. I couldn't answer.

"Isn't it terrible? What the hell did I see last night? I acted like a pain addict. The boy always sat in seat 12, window seat. There he was scratching his face with his ballpoint pen but the ink wasn't coming out. It only made his face puff up without leaving ink stains. The pen might have been already out of ink or he might have removed the cartridge. He might have thought that nobody was watching him but I saw it all as I was waiting for myself here. He sometimes used a cutter. There are various types of cutters and what he used was very slender. The thick ones are for flaunters. I know very well. I

이 있어요. 눈으로 손등을 보지는 못했지만 손등에 낸 칼의 길 위로 피가 뭉글뭉글하게 솟아올랐겠지요. 자주 해본 솜씨였을 거예요. 너무 얕으면 피가 맺히지 않고, 너무 깊으면 터져 나오니까. 아이는 너무나 태연했고 아무렇지도 않은 것처럼 피를 보고 있었으니까. 반창고로 간단하게 상처를 가렸겠지요. 아이는 언제나 제일 늦게 내립니다. 다른 아이들이 내릴 때는 고개를 푹 숙이고 있다가 마지막에, 한참을 기다린 다음에 내립니다. 내릴 때는 나한테 눈으로 인사했습니다. 어떻게 알았는지 모르겠지만 나도 자기와 같은 부류라는 걸 알아차린 겁니다. 아저씨는 다 봤지? 내가 뭘 하는지 알지? 나는 알지. 그런 인사를 했습니다. 알지, 다 알지. 눈으로만 인사했습니다. 곧 끝날 거야. 지긋지긋한 것들이 다 끝나고 나면 네 마음대로 살 수 있을 거야. 조금만 참아봐. 나는 달라, 나는 다 알지. 그건 거짓말이었어요. 나는 다르지 않고, 아무것도 끝나는 건 없어요."

"그게 누군데요?"

"저는 잘 모르는 아이입니다."

"아까 봤다고 했잖아요. 12번 자리에 앉았다고."

「로미오와 줄리엣」 알죠?"

주원 씨는 운전을 하면서도 3번 좌석에 앉은 나를 가

once used a slender cutter. I couldn't get to see the back of his hand with my own eyes but I imagine blood bloomed along the lines the knife drew. He must have done it several times before. Because blood wouldn't gather if cut too shallow or it would gush out if cut too deep. Because he acted completely nonchalant, watching it bleed as if it was nothing. He must have simply covered his cut with a band aid. He was always the last to get off the bus. He kept his head down when other kids were getting off, then after waiting quite a while, he got off at last. He bid goodbye only with his eyes. I don't know how but he noticed that I was one of his kind. You've seen it all? You know what I'm doing? I know. Such were his goodbyes. I know, I know it all. I only said with my eyes. It'll be over soon. After all these tiresome things end, you'll get to live the life you want. Hold on a little longer. I'm different. I know it all. That was a lie. I'm no different and nothing ever ends."

"Who was he?"

"Some kid I wasn't that familiar with."

"You said you saw him, in seat 12."

"Do you know Romeo and Juliet?"

41

끔 보았다. 처음에는 오른쪽 사이드미러를 보는 줄 알았는데, 나를 돌아보는 것이었다. 그의 변화가 낯설었다. 언제나 허공을 보면서 말을 하던 주원 씨가 내 눈빛을 찾는다는 게 신기했다.

"알죠."

「로미오와 줄리엣」은 사랑 이야기가 아니라 버림받고 남겨지는 이야기입니다. 남겨진 사람은 이렇게 노래를 합니다. 여기, 여기, 여기에 당신의 구더기 시녀들과 함께, 오, 여기에 남겠습니다. 여기를 나의 영원한 안식처로 만들 것이고, 삶에 찌든 이 몸뚱어리를 불길한 별들의 속박으로부터 흔들어 깨우겠습니다."

주원 씨는 그 순간 운전사가 아니라 무대에 오른 배우였다. 두 팔을 위아래로 움직이고 목소리를 높이며 로미오 혹은 줄리엣이 되었다.

프리랜서 논픽션 작가로 열심히 활동하던 시기에는 재미있는 현장을 많이 겪었다. 그중 단연 최고는 셰익스피어 학자들의 연말 파티였다. 제안을 받았을 때 별스러운 기획이 다 있구나, 연말 파티를 취재해서 기사로 써달라니, 그게 얼마나 재미있을까, 싶었다. 1부 행사는 평범했다. 누군가의 축사, 인사, 환영, 축하가 이어졌다. 2부는 분위기가 완전히 달랐다. 참가한 사람들은

While driving Juwon looked at me sitting in seat 3 from time to time. At first I thought he was looking at the right-side mirror, but he was watching me. This change in him felt unfamiliar. It felt weird that he who had always used to talk staring off into the air was searching for my eyes.

"I know."

"Romeo and Juliet is not a love story, it's about being deserted and left behind. The survivor sings this song. Here, here will I remain with worms that are thy chambermaids. Oh, here will I set up my everlasting rest, and shake the yoke of inauspicious stars from this world-wearied flesh."

At that moment he was an actor onstage not a driver. Swinging his two arms up and down and raising his voice, he became Romeo or Juliet.

I've been to quite interesting places in my days as an avid non-fiction freelance writer. The best of it all was undoubtedly the year-end party held by Shakespearean scholars. When I was approached with an offer, I wondered what an odd project it was to write a story on a year-end party. I doubted how fun it would be. The first part of the event was ordinary. Someone's congratulatory address, greet-

다른 사람으로 변신했다. 셰익스피어의 작품 속 주인공 하나를 정하고 그 사람을 연기했다. 리어 왕으로, 줄리엣으로, 오셀로로, 맥베스 부인으로 변했다. 그 사람들은 돌아다니면서 희곡 속 대사로만 말했다. 첫해에는 그들의 말이 희곡 속 대사라는 사실도 알지 못했다. 연극배우처럼 말해야 하는 룰이 있나 보다 생각했다. 모두 미친 사람 같았다.

셰익스피어 연말 파티만을 위해 일 년 동안 셰익스피어의 주요 작품을 여러 번 읽었다. 첫해의 기사는 내가 생각해도 형편없었다. 파티의 핵심은 놓친 채 특이한 행사를 하고 있다는 내용에 집중하다 보니 코미디 같은 기사가 되었다. 나는 부끄러웠고, 두 번째 해에는 제대로 된 글을 쓰고 싶었다. 녹음기를 들고 그들의 대화를 따라다녔다.

"반짝인다고 해서 다 금은 아니지."

"나 들으라고 하는 소리요? 나라를 통째로 주고도 교환할 수 없는 진주를 스스로 버린 남자가 바로 나요."

"하긴 그럴 법도 하겠군요. 우리는 거대한 바보들의 무대에 울면서 태어난 존재들이니까."

"하하, 상처의 고통을 모르는 인간들만 타인의 흉터를 비웃는 법이지요."

ings, words of welcome and celebration followed. The mood utterly changed in the second part. Participants transformed into other people. They picked one of the main characters from Shakespeare's plays and acted the role. They turned into King Lear, Juliet, Othello, or Lady Macbeth. They went around, talking only in lines from plays. In the first year I didn't even realize what they were uttering was lines from plays. I just thought speaking dramatically like actors was their rule. They all seemed insane.

I read Shakespeare's principal works several times for a year just for the sake of the year-end party. My article on my first Shakespeare year-end party was sloppy even by my standard. It turned out to be somewhat comic, focusing too much on the party's peculiarity, missing the gist. I was ashamed, and I wanted to write well the second year. I followed them around with my recorder on.

"All that glitters is not gold."

"Are you talking to me? I am the man who threw away a pearl! A pearl you can't get for a kingdom!"

"Well, that's very likely. For we were born crying on an immense stage of idiots."

"신들은 우리를 인간으로 만들기 위해서 몇 가지 결점을 준 것입니다."

파티장은 수수께끼 같은 대사들이 흘러넘쳤다. 셰익스피어 연구자들은 웃지도 않고 민망해하지도 않으면서 그런 대사를 주고받았다. 어쩌면 랩 배틀 같은 것인지도 모르겠다는 생각이 들었다. 누가 상황에 더 어울리는 대사를 기억에서 끄집어낼 것인가. 신기하고 재미있었다. 현장에서 알아들은 대사도 있지만 녹음기를 여러 번 돌려 듣고 나서야 전체 대사를 복원할 수 있었다. 그렇게 쓴 특집 기사는 '세상이라는 무대, 우리는 모두 배우에 불과하지'라는 제목으로 잡지에 게재되었고, 많은 사람이 재미있게 읽었다며 댓글을 달아주었다. 세상에는 별 이상한 행사가 다 있다면서 조롱하는 댓글도 많았지만 그것도 관심이었다. 내게 기사를 의뢰한 셰익스피어 학회 사람들도 나의 노력을 칭찬해주었다. 다음 해에도 나를 초대했지만 더는 파티에 가지 않았다.

주원 씨의 입에서 나오는 대사를 들으면서 셰익스피어 학회 파티에 다시 끌려온 것 같았다. 조금 민망했고, 어색했지만, 마음이 끌렸다. 나는 그때 외웠던 대사 한 줄을 주원 씨에게 얘기했다.

"지금부터 내 몸이 너의 칼집이구나. 단검아, 그 속에

"Haha, only those who don't know the pain of getting hurt laugh at others' scars."

"Gods gave us a few flaws in order to make us human."

The party brimmed over with riddle-like dialogues. The Shakespearean scholars exchanged such lines, not even laughing or feeling embarrassed. I thought, maybe, it was like a rap battle. Who was going to extract more apt lines for a certain situation from memory? It was novel and fun. I understood some of the dialogues on the spot but I was able to reconstruct the whole dialogue only after replaying the recording over and over. The feature article by the title "On a Stage Called World, We Are All No More Than Actors" was published in a magazine, and many people wrote comments saying that they had fun reading it. A number of comments made fun of the event's oddity, but still, it meant people were interested. The people from the Shakespeare Society who'd asked me for a write-up also complimented my efforts. They invited me the following year but I stopped going.

As I listened to the lines coming out of Juwon's mouth, I felt like I was dragged back to the Shake-

서 녹슬어서 나를 죽게 해다오."

운전하던 주원 씨는 나를 돌아보았다. 자신만 알고 있던 비밀을 내가 발설이라도 한 것 같은 표정을 지었다. 설마 내가 셰익스피어의 대사를 읊을 줄은 몰랐을 것이다.

"그거 거기 나오는 말이잖아요."

"맞아요.「로미오와 줄리엣」."

"그런 거는 어디서 들었어요?"

"책에서 읽었죠."

"나 같은 사람이 또 있네요. 셰익스피어를 외우고 다니는 사람."

"세상에는 별의별 사람이 다 있죠."

"아버지 같은 건 되는 게 아니었는데."

"네?"

"「오셀로」에 나오는 대사예요."

"죽음만이 우리를 치료해줄 의사라면 죽는 것만이 유일한 처방이야."

"그건 어디 나와요?"

"「오셀로」."

"「오셀로」에 그런 게 나왔었나? 기억해둬야겠네."

"나는 죽네."

"「햄릿」 맞죠?"

speare party. It was a bit embarrassing and awkward but enticing. I recited a line that I'd memorized back then.

"O happy dagger, this is thy sheath. There rust, and let me die."

Driving, he turned to look at me. He gave me a look as if I'd revealed his secret. He wouldn't have guessed that I'd recite a line from Shakespeare.

"It's the line from there."

"Right. Romeo and Juliet."

"Where did you pick that up?"

"I read it in a book."

"Another person like me, who goes around reciting Shakespeare by heart."

"There are all kinds of people in the world."

"Who would be a father!"

"Yes?"

"It's a line from Othello."

"Therefore my hopes, not surfeited to death, stand in bold cure."

"Where's that from?"

"Othello."

"Was that from Othello? I should remember that."

"O, I die."

"나머지는 침묵이네."

"「햄릿」의 마지막 대사잖아요."

"저기 낙타처럼 생긴 구름이 보이는가?"

"그건 구름이 아니라 진짜 낙타입니다."

"그 부분 웃기죠?"

"구름이 아니라 진짜 낙타야. 크크."

주원 씨와 내가 셰익스피어 때문에 가까워졌다고 하면 대부분의 사람은 믿지 않는다. 셰익스피어를 좋아하는 두 사람이 우연히 만날 확률을 무척 낮게 생각하는 것이다. 무척 낮은 확률이긴 하지만 존재할 수 없는 경우의 수는 아니다. 세상에는 별의별 사람이 다 있는 것처럼 별의별 경우가 다 생긴다.

주원 씨는 운전하다가 문득 대사가 떠오르면 내 얼굴을 돌아보며 말했다. 나는 기억나는 대사로 맞받아치거나 생각난 말을 연극 대사처럼 바꾸어 말했다. 나중에는 그게 우리의 놀이가 되었고, 둘의 대화는 점점 연극처럼 바뀌었다. 셰익스피어 학회 파티가 우리의 일상이 된 것이다.

"여기에서 하룻밤 묵는 게 어떻겠나? 별빛이 우리의 저녁을 밝혀주겠지."

주원 씨가 말했다.

"It's from Hamlet, right?"

"The rest is silence."

"It's the last line of Hamlet."

"Do you see yonder cloud that's almost in shape of a camel?"

"By th' mass, and 'tis like a camel indeed."

"Isn't that part funny?"

"It's a real camel not a cloud. Haha."

Most people don't believe it when I tell them Juwon and I got close owing to Shakespeare. They think the probability of accidental encounter by two Shakespeare fans is extremely low. Of course it's very low but it's not impossible. Just like there are all kinds of people in this world, there are also all kinds of probabilities.

When a line popped into his head while driving, Juwon turned to look at me and said it. I responded with the lines that I could muster from my memories or rephrased what was popped into my head to make it sound like lines from a play. Later it became our pastime, and our conversation gradually morphed into a play. The Shakespeare party had become our routine.

"How about spending the night here? Stars will

"어리석은 자만이 자연 속에서 캠핑을 하지. 오성급 호텔이야말로 별빛을 볼 수 있는 곳이야."

내가 장난으로 대꾸했다.

"프리님의 얼굴에는 탐욕이 들쥐처럼 들끓고 있구나."

"들쥐처럼 자유로운 영혼도 없지."

"프리님은 자유의 정의를 너무 광범위하게 잡고 있어."

"그것이야말로 내 자유일세."

마지막 대사가 떠오르지 않는 사람은 웃음을 터뜨리게 되고, 그것으로 놀이는 끝이 난다. 우리는 진짜 친구가 된 것 같았다.

나는 저녁이면 버스 소파에 앉아 글을 썼다. 처음에는 주원 씨의 행동을 관찰하는 일지였지만 시간이 지날수록 우리 둘의 대화록이 되고 있었다. 둘의 대화를 계속 써 내려가자 희곡을 쓴다는 기분이 들기도 했다. 우리의 대화는 터무니없이 장황하고 기고만장하게 유치하며 지나치게 멋스러운 문장들이 많았고, 컴퓨터보다는 종이에 더 어울렸다. 어느 때부터 나는 노트북을 켜는 대신 공책을 펼쳐 대화를 적어나갔다.

주원 씨의 '발작'은 주기적으로 계속됐다. 조용한 밤이면 갑자기 나타났다가 언제 그랬느냐는 듯 사라졌고, 다음 날이면 주원 씨는 전날의 일을 기억하지 못하는 척

light up our evening," Juwon said.

"Only a fool will camp in nature. Five-star hotels are indeed where you can see the stars," I answered back jokingly.

"Mr. Free's face is smoldering with greed like a vole."

"No other creatures are more free-spirited than voles."

"Mr. Free, you're applying the definition of freedom too broadly."

"That's my freedom."

Whoever couldn't think of the last line burst out laughing, and it meant the game was over. It felt as if we'd become real friends.

In the evenings I wrote on the couch. It was a daily log of Juwon's behavior at first, but as time went by, it turned into our conversation log. As I kept writing down our dialogues, it felt like I was writing a play. Our dialogues were filled with absurdly verbose, exaggeratingly childish, and overly florid sentences, and paper suited it better than a computer file. At some point, I began to jot down our dialogue in a notebook instead of switching on my laptop.

했다. 뺨은 부풀어 올랐다가 다시 가라앉기를 반복했다.
내가 「리어 왕」에 등장하는 대사로 물어본 적이 있다.

"잠은 매일매일 죽음을 불러온다는 말이 맞구나. 어제
의 일을 기억 못하니 너는 부활한 유령이 분명하다."

"가련한 자들만 죽음과 삶을 구분하지. 생사의 구분이
없는 자에게 부활이란 말은 얼마나 터무니없는 것인지
알겠는가."

"죽음과 삶의 구분이 없는 것은 오직 신뿐이다. 당신
이 나의 신인가?"

"내가 너의 신이고, 너는 나의 신이지."

"무슨 개소리인가."

"그것은 셰익스피어를 빙자한 욕에 가까운데?"

"미안, 마음속 말이 갑자기 나와버렸네."

우리는 다시 웃었고 전날 밤에 일어난 일을 더는 물
어보지 않았다.

셰익스피어 대사 놀이를 하면서 우리 둘은 분명 가까
워졌다. 현실에서의 가까움이라기보다 보이지 않는 정
신의 끈이 생긴 듯했다. 내가 그를 부추겼다는 생각이
들 때도 많다. 그는 날아오를 준비가 되어 있는 사람이
었는데, 현실을 버릴 작정을 한 사람이었는데 내가 언
어의 날개를 제공한 것이다. 함께 여행을 한 지 한 달 반

His "seizures" continued on a regular basis. It came abruptly on a quiet night then disappeared as if nothing had happened. The next morning, he pretended not to remember what had happened the previous night. His cheeks would repeatedly puff up and subside. I once asked him with a line from King Lear.

"It's true that sleep summons death every day. For you are ignorant of yesterday, you are surely a resurrected ghost."

"Only the wretched separate life from death. Do you see how futile the word 'resurrection' sounds to the ones whose life and death isn't distinguishable?"

"Only God doesn't distinguish life and death. Are you my God?"

"I'm your God and you're my God."

"Bullshit."

"That sounds like swearing thinly veiled with Shakespeare."

"Sorry, it just came out."

We laughed again and I didn't ask about the previous night any further.

The two of us obviously got closer playing the

이 지났을 때 주원 씨가 폭발하는 사건이 일어났고, 주원 씨가 그렇게 된 데에는 내게도 어느 정도 책임이 있다는 생각이 든다.

작은 시골 마을의 공터에 버스를 세웠고, 우리 둘은 그늘에서 밥을 먹고 있었다. 네 명의 남자가 우리에게 다가올 때부터 무언가 일이 벌어질 것 같다는 예감이 들었다.

"버스 주인 되십니까?"

무리 중에서 키가 가장 큰 남자가 물었다.

"그렇습니다."

주원 씨가 대답했다.

"뭘 팔러 왔는지는 모르겠지만 여기서 영업하시면 안 됩니다."

"팔러 온 거 아닙니다."

"뭐, 사람들이 다 그렇게 말을 하죠. 우리는 그런 사람이 아니다, 당신들을 도와주러 온 것이다. 파는 게 뭐예요? 건강보조제? 인삼? 녹용? 아니면 사이비 종교예요?"

"전혀 아닙니다."

"나는 곧 죽는다. 이건 왜 붙여 놓은 겁니까? 당신이 곧 죽어요? 시한부 인생이야? 곧 죽는 사람이 버스에다

Shakespeare game. It was more like we formed an invisible spiritual bond rather than actual closeness. Quite often I think I had instigated him. He was ready to soar up, determined to leave reality behind, and then I offered him the wings of language. About a month and a half into our travels together, there was an incident where Juwon exploded. And I think I was partly responsible for it.

He pulled over at an empty lot in a tiny country village and we were eating in the shade. From the moment I saw four men coming toward us, I sensed that something was going to happen.

"Are you the owner of this bus?" the tallest among the four asked.

"Yes," Juwon responded.

"I'm not sure what you're trying to sell here but you can't."

"I'm not here to sell anything."

"Well, everyone says so. 'We're not who you think we are. We came here to help you guys.' What are you selling? Dietary supplements? Ginseng? Deer antlers? Or a cult?"

"None at all."

"'I SHALL DIE SOON.' Why did you put that stuff

저런 걸 붙여 놓을 리가 없잖아."

"죽으니까 죽는다고 하는 거죠."

"누가 죽는데?"

"누구나 죽습니다. 나도 죽고, 당신도 죽고. 버스에 붙여 놓은 건 나한테 하는 소리입니다. 나는 곧 죽으니까 정신 차리고 살아라. 한 시간도 잊어먹지 말고, 죽는다는 것을 알고 있어라. 오래오래 살기 위해서는 죽는다는 걸 알아야죠."

"그건 네 집 안방에 붙여 놓으면 되잖아."

"여기가 저의 집입니다."

"웃기고 있네, 죽는다는 말로 사람들 꼬셔서 약 팔고 관심 끌고, 내가 모를 줄 알아? 지난번에 여기서 약 팔던 새끼들도 내가 다 감옥에 처넣었어. 알아? 너같이 이상한 약 팔아서 사람들 죽이고 그러는 새끼들은 뿌리를 뽑아야 돼."

두 사람이 이야기하는 동안 남자 세 명과 나는 대화에 끼어들지 않았다. 어떤 식으로 결론이 날지 예측할 수 없었다.

"누가 누굴 죽여?"

주원 씨가 갑자기 소리를 지르면서 손가락질을 했다. 두 사람의 이야기를 제대로 기록하기 위해 나는 녹음기

up? You're dying? Are you terminally ill or what? A dying person can't put such thing on his bus."

"Well, dying is dying."

"Who's dying?"

"Everyone. I will die and so will you. I put that thing on bus for me. Get a life because I shall die soon. Always don't forget that I'll die, not even for an hour. We should know that we are going to die in order to live a long, long life."

"You can put it up in your bedroom."

"This is my home."

"Stop talking garbage. You think I don't know that you're coaxing people with the word death to sell fake medicine? I put those bastards in jail, the ones who sold them here last time. You know what? Those scoundrels like you who kill people with bizarre snake oil must be rooted out."

While the two were arguing, the three men and I stayed out of it. I couldn't predict how things would pan out.

"Who kills who?"

Juwon shouted all of a sudden pointing his finger. I turned on my recorder to get a proper record their dialogue.

를 켰다.

"당신 같은 인간들이 파는 약은 독약이야. 알아?"

"당신도 죽어. 알아?"

"웃기고 자빠졌네. 그럼 알지, 내가 몰라? 내가 그럼
평생 살겠냐? 죽지. 죽겠지. 그런데 너보다는 내가 오래
살겠다."

"죽는데, 곧 죽는데 왜 그러고 있어? 빨리 가서 자신
을 돌아봐요."

"지랄한다. 약 파는 거 아니면 무슨 종교 같은 건가본
데 우리 동네 사람들 그렇게 물렁물렁하지 않아. 빨리
꺼져. 버스 박살 내기 전에."

"이 버스가 뭔지 알아요? 이건 내 관이에요. 나는 여
기에 묻힙니다. 아주 오래 살고, 그래도 죽어야 한다면
여기에 묻힙니다."

"무슨 헛소리야. 진짜로 내가 여기에다 뼈를 묻어줘야
겠네."

"당신이 삶의 시간을 허투루 낭비하는 동안, 내가 당
신 대신 죽음을 생각하고 있는 겁니다. 안개 때문에 죽
음이 잘 보이지 않을 때, 나는 이미 안개 건너편에 도착
한 사람이에요. 나는 선지자야, 죽음의 전령이라고."

"정말 제정신이 아니구나."

"One of your kind is selling poison. You know that?"

"You shall die, too. You know that?"

"Bullshit. Of course I know, you think I don't know? Will I get to live forever? I will die. Sure, I will. But I will outlive you."

"You'll die. Why are you doing this when you're going to die soon? Go reflect on who you are right now!"

"Fuck you! You must be into some kind of cult if not selling drugs but people in this village aren't that gullible. Get lost before I smash your bus."

"Do you know what this is? It's my coffin. I shall be buried here. I will live for a very long time, but still if I have to die, I'll be buried in here."

"What the hell are you talking about? I really oughta bury your bones here."

"While you waste away the hours of your life, I think of your death on behalf of you. When your death is obscured by fog, I'm the one who has arrived on the other side of the fog. I'm a prophet, a herald of death."

"You're totally out of your mind."

Even I could see that Juwon was totally out of his

주원 씨는 내가 보기에도 제정신이 아니었다. 처음에는 남자를 향해 말하더니 나중에는 허공에다 소리를 지르고 있었다. 주원 씨를 말리기 위해 뒤에서 두 팔을 잡았을 때 몸에서 강력한 힘이 느껴졌다. 내가 알던 사람이 아니었다. 내가 이 사람을 만난 적이 있나 싶었다.

　"당신이 그렇게 원한다면 내가 죽음이 되어줄게. 세계가 멸망하는 걸 상상하지 못한다면 내가 세상을 멸망하게 해줄게. 나는 다 봤어. 당신이 보지 못한 것들을 다 봤다고. 죽음도 봤고 칼로 몸을 긋는 것도 봤고 내가 이 두 눈으로 다 봤어. 모든 고통이 내 몸을 관통했고, 그래서 이렇게 배에 커다란 구멍이 나 있는 거라고."

　주원 씨와 맞서 이야기하던 남자가 한발 뒤로 물러섰다. 그냥 돌아가는가 싶던 키가 큰 남자는 버스에 붙어 있던 '나는 곧 죽는다' 플래카드를 뜯어내려고 했다. 플래카드는 천으로 된 것이 아니라 스티커로 글자를 만들어 붙여 놓은 것이었다. 키가 큰 남자는 뜯어내는 대신 망가뜨리는 쪽을 택했다. 외투 주머니에서 미리 준비해 온 래커를 꺼내 플래카드에 분사했다. 나는 주원 씨를 붙잡았다. 주원 씨는 키가 큰 남자에게 달려들려고 했지만 내가 뒤에서 붙잡았다. 지금도 잘한 일이라고 생각한다. 주원 씨가 다치는 것보다 플래카드가 망가지는

mind. He talked to the man at first then started to shout into the open air. When I grabbed both his arms from behind to stop him, I could feel a strong power in his body. He wasn't the same person I'd known. I wondered if I'd ever met this person before.

"If you want it so badly, I shall be your death. If you can't imagine the demise of the world, I shall destroy the world. I've seen it all. I've seen all you couldn't see. I've seen your death, I saw you slashing your body with a knife. I witnessed it all with my own eyes. All the pains penetrated my body, so that's why I have this huge hole in my belly."

The man confronting Juwon took a step back. I thought the tall man was going away but he went up to the bus and tried to remove the placard I SHALL DIE SOON. It was not made of cloth, but stickers of letters. The tall guy chose to ruin it instead of taking it away. He pulled out the spray paint he brought from his coat pocket and sprayed it on the placard. I grabbed Juwon. He tried to fly at the tall man but I held him from behind. I still think it was the right thing to do. I thought having the placard ruined was better than getting him hurt.

쪽이 낫다고 생각했다.

'나는 곧 죽는다'에서 '곧'이 사라지고 '죽'이 사라지는 모습을 지켜보면서 주원 씨는 소리를 질렀다. 내용을 알 수 없는 괴성이었다. 나머지 남자들도 지켜보기만 했다. '는'이 사라지고 나자 키가 큰 남자가 래커를 바닥에 버렸다. '나'와 '는다'만 간신히 보였다.

"오늘 내로 꺼지지 않으면 버스까지 박살 낼 거야. 나는 경고하면 반드시 지키는 사람이야."

키가 큰 남자는 나머지 남자 세 명과 함께 버스에서 멀어졌고, 주원 씨는 바닥에 주저앉았다. 온몸에서 힘이 빠져나가는 게 내 손으로 전해졌다.

주원 씨와 나는 곧장 동네를 빠져나왔다. 키가 큰 남자의 협박 때문이 아니라 더는 그곳에 있고 싶지 않았다. 도로를 달리는 버스 안에서 우리 둘은 말을 꺼내지 않았다. 동네를 벗어난 후로도 주원 씨는 두 시간 동안 말없이 운전만 했다. 나 역시 정면만 바라보았다. 풍경이 나타났다가 옆으로 스쳐 갔다. 멀리 보이는 지평선들이 구불구불해지고 가려져서 보이지 않고 다시 나타났다가 사라졌다. 검은 새들이 떼를 지어 어디론가 날아갔다. 누군가 우는 소리도 들렸는데 새소리인지 창밖의 동물 소리인지 알 수 없었다. 몇 개의 산을 넘고 또

Juwon let out a scream as he watched SOON disappear, then DIE from I SHALL DIE SOON. It was an eerie, indiscernible shriek. The rest of the men only watched. After SHALL was gone, the tall guy tossed the spray paint on the ground. Only "I" was barely visible.

"Unless you get lost today I'll wreck your bus as well. I'm not bluffing."

The tall guy left with the other three and Juwon flopped down on the ground. My hands could feel all the energy draining out of his body.

We left the village immediately. It wasn't about the tall guy's threat but we didn't want to stay there any longer. We didn't talk during the ride away from the village. After we got out of the town, Juwon kept driving for two hours without saying a word. I also merely gazed straight ahead. A scenery would appear and slide by. The horizon at the far end would become winding and invisible, then appear again and vanish. A flock of black birds flew off somewhere. I heard some sort of crying sound but I couldn't discern whether it was from birds or animals outside the window. When we were making our way up another hill after going over a couple of

다른 오르막 도로를 달리고 있을 때 주원 씨가 갑자기 오른쪽으로 핸들을 꺾더니 갓길에다 버스를 세웠다. 3번 좌석에 앉아서 안전띠도 하지 않고 있던 나는 앞으로 튀어나갈 뻔했다. 주원 씨는 버스 문을 열고 밖으로 나갔다.

도로 위에는 차에 치인 고라니 한마리가 누워서 버둥거리고 있었다. 사고를 당한 지 얼마 되지 않아 보였지만 충격을 크게 받은 듯했다. 주원 씨와 내가 다가가는데도 먼 하늘에 시선이 고정돼 있었다.

"아직 살아 있어요."

내가 말했다.

"네, 아직 살아 있어요."

주원 씨가 말했다.

인터넷으로 본 기사가 떠올랐다. 로드킬당한 동물을 발견했을 때는 도로에 들어가서 직접 처리하려 하지 말고, 야생동물을 구조해주는 곳에 신고하라는 내용이었다. 휴대전화를 꺼내서 전화번호를 검색하려는데 주원 씨는 이미 도로로 들어가 고라니의 다리를 들어올리고 있었다.

"주원 씨, 뭐 하는 거예요?"

주원 씨는 대답하지 않고 고라니를 갓길로 끌고 갔다.

mountains, Juwon suddenly turned the steering wheel to the right and pulled over onto the shoulder. Sitting in seat 3 with the safety belt unbuckled, I was almost thrown forward. He opened the door and got off.

On the road was a water deer floundering on the ground, hit by a car. It wasn't probably long after the accident but it seemed to be in great shock. Its gaze was fixed on a distant sky even as we were approaching.

"It's still alive," I said.

"Yes, it's alive," he said.

I remembered an online article. It said, in case of finding a road kill, one should call the wildlife rescue center instead of trying to handle the matter firsthand. As I was about to search for the phone number with my phone, Juwon was already on the road lifting the water deer's legs.

"Juwon, what are you doing?"

He didn't respond and dragged the water deer over to the shoulder. The pool of blood it was lying in left a trail. It seemed like somebody had drawn a dark red stroke with a large brush.

He looked down at the animal for a brief mo-

바닥에 고여 있던 피가 자국을 만들면서 고라니를 따라 갔다. 누군가 커다란 붓으로 검붉은 획을 그은 것 같았다.

갓길로 끌어낸 고라니를 잠깐 바라보더니 주원 씨는 버스 안으로 들어가서 무언가를 찾았다. 그동안 나는 도로를 관리하는 기관의 전화번호를 찾았다. 주원 씨가 빨랐다. 내가 통화 버튼을 누르기 전에 주원 씨가 주사 기를 꺼냈다.

"그게 뭐예요? 주사하려고요?"

"편안하게 갈 수 있게 해주는 겁니다."

"전화하는 게 낫지 않을까요? 아직 숨이 붙어 있는데요."

주원 씨는 내 질문에 대꾸 없이 익숙한 동작으로 주 사기를 준비했고, 말릴 틈도 없이 고라니의 몸에다 액 을 주입했다.

"고통 없이 끝날 겁니다. 지금까지는 고통스러웠겠지 만 이제는 다 끝났어요. 이제 그만 가서 쉬어요."

처음에는 나에게 하는 말인 줄 알고 대답을 할 뻔했 다. 주원 씨는 고라니를 보고 있었다.

"잘 알겠지만, 환생 같은 건 없을 겁니다. 그래도 나쁘 지 않잖아요? 완전한 무로 돌아가요. 긴 잠을 잔다고 생 각해요. 꿈을 꾸도록 해봐요. 영원히 살 수 있다면 좋겠 지만, 그것도 피곤할 겁니다."

ment, then went into the bus to look for something. In the meantime, I searched for the phone number of the organization in charge of road management. But Juwon was faster. Before I could push the call button, he took out a syringe.

"What's that? Are you going to inject it?"

"I'm letting it go in peace."

"Shouldn't we call for help? It's still breathing."

Without a response he adroitly prepared the syringe, and before I could stop him, he injected the liquid into the water deer.

"It will end without pain. It must have been painful but it's all over now. Now go and rest."

I almost answered thinking that he was talking to me. Juwon was looking at the water deer.

"As you may well know, there'll be no such thing as reincarnation. But it's not bad, is it? Go back to complete nothingness. Imagine that you're having a very long sleep. Try to dream. It would be nice if you could live forever but it's going to be tiresome as well."

Juwon caressed the water deer's body. He closed its two eyes with one hand. He blocked its view as if there was nothing left to see here. The water

주원 씨는 고라니의 몸통을 어루만졌다. 한 손으로 고라니의 두 눈을 가려주었다. 여기에는 더 볼 게 없다는 듯 시선을 막아주었다. 고라니는 규칙적으로 몸을 들썩이다가 어느 순간 축 늘어졌다. 주원 씨는 계속 고라니의 몸통을 두드리면서 어루만졌다. 꿈을 꾸도록 해봐요. 긴 잠을 자는 겁니다. 계속 그렇게 중얼거렸다.

주원 씨가 약품을 어떤 경로로 입수했는지는 듣지 못했다. 익숙한 행동으로 보아 자주 일어나는 사건임은 분명했다.

고라니를 간단하게 묻어주고 주원 씨는 아무 일도 없었다는 듯 다시 운전석에 앉았다. 지구 끝까지라도 달려갈 기세였다. 자세도 흐트러지지 않았다. 어느새 지평선으로 해가 가라앉고 있었다.

"아주 간단한 실수를 했을 뿐인데요."

주원 씨가 입을 열었다.

"실수요?"

3번 좌석에 앉아 있던 내가 되물었다.

"아주아주 간단한 실수를 했을 뿐인데 큰 벌을 받는 사람이 있어요. 그런 얘기 들어본 적 있어요?"

"비극이 다 그렇지 않나요? 신화 속의 주인공들도 그렇고."

deer flinched to a regular beat then sagged at last. He kept caressing it, patting its torso. Try to dream. You're going into a deep sleep. He kept mumbling.

I haven't heard how Juwon got a hold of the drugs. Given his deftness, obviously these incidents happened frequently.

After he simply buried the moose, he sat in the driver's seat again as if nothing had happened. He seemed like he was determined to drive to the ends of the earth. His posture stayed still. In no time, the sun was setting on the horizon.

"It was just a very simple mistake," he opened his mouth.

"A mistake?" I asked, sitting in seat 3.

"Some people are punished gravely for a very tiny mistake. Have you heard of such stories?"

"Aren't all tragedies like that? So are the protago-nists of myths."

"Myths··· Right. Their protagonists. To such peo-ple, would punishing mean forgiving? Can we say that they are forgiven if they paid dearly?"

"Only they'd know."

"There's no such thing as a simple mistake, right? Mistakes are not simple. No matter how trivial they

"신화라…… 그렇네요. 신화 속 인물들이 그렇죠. 그런 사람들에게는 벌이 곧 용서일까요? 벌을 충분히 받았다면 그걸로 용서받은 것으로 생각해도 되는 걸까요?"

"자신들만 알겠죠."

"간단한 실수라는 건 없어요. 그렇죠? 실수는 간단하지 않아요. 아무리 사소한 실수라도, 실수는 간단할 수 없어요."

"주원 씨의 실수를 말하는 거예요? 어떤 실수를 했는데요?"

"스쿨버스를 운전했어요. 배우가 되고 싶었지만 기회는 없었어요. 할 수 있는 게 운전밖에 없었지만 운전을 좋아했어요. 아이들이 버스에 오르는 순간을 너무 좋아했고, 거울에 비치는 아이들을 보면서도, 정말 너무나 좋아했습니다. 거울에 비치는 아이들을 다 알고 있어요. 누가 외롭게 혼자 앉아 있는지, 누가 누굴 따돌리는지, 누굴 좋아하는지, 누굴 싫어하는지, 저는 보아서 다 알고 있어요. 매일 똑같은 시간에 등교하고 누가 결석을 하고 누가 있는지 없는지 다 알고 있습니다. 실수라는 건 간단한 게 아니에요. 그 모든 기록을 한꺼번에 통째로 순식간에 지워버립니다. 그래서 나는 여기에서 죽

are, mistakes can't be simple."

"Are you talking about your mistake? What mistake did you make?"

"I drove a school bus. I wanted to be an actor but didn't get my chance. Driving was the only thing I could do but I liked it. I liked it when kids hopped onto the bus. I also loved watching them through the mirror. I knew each and every one of them reflected in the mirror. Who was sitting all alone, who was bullying whom, who liked or disliked whom, I knew it all from watching them. I knew all about who was absent from school and who was on the bus or who wasn't as I drove to school at the same time every day. Mistakes are never simple. They erase all those records in a flash. So I must die here. This is my coffin, tomb, my heaven and hell."

"I see. I get it. So don't get carried away and tell me what happened."

"You see? No, you don't know. You can't know. Don't say that you get it. I don't hold grudges. It's enough for me that I've come this far. We'll die soon."

Juwon pulled onto the shoulder. He didn't look at my face. Like we'd met for the first time, he stared

어야 해요. 여기가 내 관이고, 무덤이고, 천국이고, 지옥입니다."

"알겠어요. 알겠으니까 흥분하지 말고 얘기해요."

"알겠다고요? 아니요, 몰라요, 모를 수밖에 없어요. 안다고 얘기하지 마세요. 원망은 안 합니다. 지금까지 여기까지 온 거로 충분해요. 우리는 곧 죽을 거예요."

주원 씨는 갓길에다 버스를 세웠다. 주원 씨는 내 얼굴을 보지 않았다. 처음 만났을 때처럼 먼 곳을 바라보았다. 주원 씨는 그날 밤에 그랬던 것처럼 자신의 얼굴을 두 손으로 때렸다. 채찍 소리가 났다. 말릴 수 없었다. 몇 분 동안 자신의 뺨을 때린 주원 씨는 발갛게 달아오른 얼굴을 거울에 비춰보았다.

"여기까지입니다."

주원 씨가 말했다.

"네?"

들렸지만 들리지 않은 것처럼 내가 되물었다.

"나는 죽었네, 호레이쇼. 이제 침묵만 남았어."

"어디로 가려고요? 주원 씨, 내 얼굴을 보면서 얘기해요."

"내 몸이 녹슨 칼의 칼집이구나. 이제 칼과 함께 나는 삭아버릴 거야. 부식되어 너덜너덜해지고 갈라져서 부

far off. Just like the other night, he slapped his face with both hands. A crack of a whip. I couldn't stop him. He slapped his cheeks for several minutes before he had a look at his flushed face in the mirror.

"This is it," he said.

"Huh?" I heard him but asked back as if I hadn't.

"O, I die, Horatio. The rest is silence."

"Where're you going? Hey, look at me and talk to me."

"O rusty dagger, this is thy sheath. I must need wither with thee. O rusty dagger, this is they sheath. I must need wither with thee. There rust, tatter, crack, shatter, and cut no more. And in sad cypress let us be laid."

"Juwon!"

"Ahhhhhhhhhhhhh."

He struck a blow on his head with both hands, shouting. I couldn't help but get off the bus. If I had stayed on the bus, his head would have blown up. He pushed the accelerator pedal as soon as I picked up my backpack and jacket and got off. Even seeing the bus speed away, I couldn't make sense of what had happened. I couldn't come to

서지고 나면 칼은 아무것도 자르지 못할 것이고, 이곳은 칼의 무덤이 될 것이다."

"주원 씨."

"아아아아아아아아."

주원 씨는 소리를 지르면서 자기 머리를 두 손으로 내리쳤다. 나는 버스에서 내릴 수밖에 없었다. 가만히 있다가는 주원 씨의 머리가 터져버릴 것 같았다. 배낭과 겉옷을 집어 들고 버스에서 내리자마자 주원 씨는 액셀러레이터를 밟았다. 멀어지는 버스를 보면서도 무슨 일이 일어난 건지 실감이 나질 않았다. 두 달 정도 여행을 함께하던 사람이 갑자기 나를 버렸다는 사실도, 주위를 아무리 둘러봐도 황량한 겨울나무뿐인 산길에 혼자 있다는 실감도, 지금까지 나와 대화를 나누었던 주원 씨가 실재한 사람인지에 대한 확신도 없었다. 나는 버스를 바라보았다. 버스의 뒷모습을 본 것은 그때가 처음이었다.

다시는 주원 씨를 만나지 못했다. 인터넷을 뒤져봐도 그의 소식은 찾을 수 없었다. '나는 곧 죽는다'라는 문구도 지워졌으니 주원 씨의 버스는 평범해졌다. 그 버스를 주목할 사람은 없을 것이다. '나'와 '는다'만 남은 플래카드를 눈여겨볼 사람은 없을 것이다.

terms with the fact that my travel partner for about two months abandoned me and I was standing alone on a mountain road with nothing but desolate winter trees no matter how hard I looked around. I wasn't convinced if Juwon, the very one I'd conversed with, existed at all, either. I gazed at the bus. It was the first time I saw its rear.

I never got to see him again. I couldn't find his whereabouts on the Internet. With I SHALL DIE SOON gone, his bus became ordinary. Nobody would pay attention to it. No one would carefully observe the sign, a mere "I."

What I recorded in my notebook for two months was like shrapnel of a bomb. There was no way of knowing how come such a thing happened and what its point was. It was simply a record on a hurt, riven man. Only a fraction of our conversation was left. I couldn't put fragments together to reconstruct the original. I couldn't make a piece of paper by raking up its burnt ashes.

A couple of days after we parted ways, I searched "school bus accident" online. I didn't intend to find out something. It was just that Juwon crossed my mind, so I typed out the words "school

두 달 동안 내가 공책에 기록한 내용은 폭탄의 파편 같았다. 어째서 이런 일이 일어났는지, 사건의 핵심이 무엇인지는 알 길이 없었고, 상처받은 한 사람, 분열된 한 사람의 기록뿐이었다. 그 사람과 주고받은 대화 일부분만 남았을 뿐이다. 파편을 모아 원형을 복구할 수는 없었다. 타버린 재를 긁어모아 종이를 만들 수는 없었다.

주원 씨와 헤어지고 며칠이 흐른 후 인터넷 서핑을 하다가 '스쿨버스 사건'이라는 검색어를 입력해보았다. 뭔가를 알아내려는 의도는 아니었다. 주원 씨가 떠올랐고 별생각 없이 '스쿨버스'와 '사건'이라는 단어를 입력한 것이다. 몇 페이지를 넘긴 후 주원 씨와 관련된 몇 년 전 기사를 찾아냈다. 사건의 내용을 읽으면서 나는 입을 다물 수 없었다. 당시 많은 신문에서 주원 씨의 사건을 다뤘다. "간 큰 통학버스 운전사, 음주 운전으로 아이 죽일 뻔" "아이 매달고 30미터 질주, 술 취한 통학버스" "학교 경비가 막아낸 드렁큰 스쿨버스" "아침의 만취 질주, 질질 끌려간 아이". 기사 제목은 사건만큼이나 자극적이었다. 후속 기사를 더 찾아보았다. 다행히 아이의 목숨에는 지장이 없었다. 마지막 아이가 버스에서 내리다 가방끈이 문에 걸렸고, 주원 씨는 그걸 발견하지 못했다. 30미터를 달리다 학교 경비가 버스를 막아 세웠

bus" and "accident" without giving it much thought. I flipped through several pages before I came across an article on him from few years back. I read it with my mouth hanging open. Many newspapers covered his story back then. "Bold School Bus Driver Under Influence Nearly Kills Boy," "Drunk School Bus With Dangling Child Races Thirty Meters," "School Guard Stops Drunk School Bus Driver," and "Child Dragged Along On Morning Drunk Driving." The headlines were as sensational as the accident. I searched follow-up articles. Fortunately, the accident wasn't life-threatening. The bag straps of the last boy on bus got stuck in the door when he was getting off and Juwon failed to notice it. The bus drove on for thirty meters before the school guard stopped it. Without the guard, the kid might have died. The alcohol from late-night drinking was still in Juwon's blood.

Pictures of Juwon on his knees must have made a stir as well. It was a photo of him crying, kneeling in front of the kid's ward at the hospital. He looked much younger than now. I couldn't find articles on how the case was closed or how he was penalized.

This incident must have completely altered his

다. 경비가 없었다면 아이는 죽었을지도 모른다. 주원 씨는 전날 밤 늦게까지 마신 술이 핏속에 그대로 남아 있었다.

무릎 꿇은 사진도 화제가 되었던 모양이다. 아이의 병원에 찾아간 주원 씨가 병실 앞에서 무릎을 꿇은 채 울고 있는 사진이었다. 지금보다 훨씬 젊어 보이는 모습이었다. 어떤 처벌을 받았는지 이후에 어떻게 마무리됐는지에 대한 기사는 찾지 못했다.

사건 때문에 주원 씨의 인생은 완전히 달라졌을 것이다. 어떤 사건은, 한 사람의 인생을 다른 차원으로 이동시킨다. 다시는 돌아갈 수 없는 세계로 옮겨 놓는다. 아마 주원 씨가 그런 이동을 겪었을 것이다. 사건 이전의 주원 씨를 상상해본다. 도무지 그려지질 않는다. 그때도 셰익스피어의 대사를 읊조리며 여행을 다녔을까. 그때도 오래 살고 싶어했을까. 아니면 죽고 싶어했을까. 그때도 자신의 뺨을 세차게 때렸을까. 사건 이후의 삶도 상상해본다. 운전면허를 다시 발급받기 위해, 버스에서의 실수를 잊기 위해 얼마나 많은 시간이 필요했을까.

버스에서 쫓겨난 후 오랜만에 집으로 돌아갔을 때 보일러는 고장 나 있었다. 방바닥은 견딜 수 없이 차가웠지만 흔들리지 않는다는 점은 버스보다 좋았다. 집에

life. Some incidents move one's life into a different dimension. They transfer one to the world of no turning back. Perhaps he must have experienced such a shift. I imagine him before the incident. I can't quite picture him. Did he also travel around back then reciting Shakespeare's lines? Did he, even then, hope to live a long life? Or did he prefer dying early? Did he slap his cheeks hard? I also imagine his life after the incident. How much time did he need to have his driver's licensed reissued and forget about his mistake?

I came back home after a long absence when Juwon kicked me off the bus, and found the boiler in my apartment out of order. The floor was unbearably cold but it was better than the bus for it didn't move. I took out all the futons and blankets in the house and piled them on the floor, put myself in a sleeping bag, and went to sleep with a fan heater turned on full blast. I can't even remember how many days I slept. It might sound odd but I might have died then. Maybe I was crossing over to my second life after having completed the first one. Sleep resembles death and death is like the end of sleep. How can we know for sure that we're con-

있는 모든 이불을 꺼내서 바닥에 깔고, 침낭을 뒤집어 쓰고, 온풍기를 강하게 틀어둔 채 잠을 잤다. 며칠 동안 잠들었는지도 기억나지 않는다. 이상하게 들리겠지만, 그때 나는 죽었던 것인지도 모른다. 첫 번째 삶을 끝내고, 두 번째 삶으로 넘어간 것이라는 생각이 든다. 잠은 죽음과 닮았고 죽음은 잠의 끝과 같다. 우리가 여태껏 한 번도 죽지 않고 계속 살아 있는 존재라고 확신할 수 있을까. 잠들었다가 죽는 게 아니라고 자신할 수 있을까. 코를 골면서 자던 누군가 '컥, 컥, 컥' 숨을 멈추는 듯하다가 다시 숨을 쉴 때, 그는 죽었다 살아난 것인지도 모른다. 우리도 모르는 사이에 죽음과 삶이 반복되는 것인지도 모른다.

오늘은 주원 씨와 내가 나누었던 대화록을 태우려고 마음먹은 날이다. 처음부터 끝까지 다시 한번 읽어보았다. 우리는 친구였을까? 취재 계획이 성공했다면 버스 여행자의 삶에 대한 작은 책이 한 권 탄생했겠지만, 스쿨버스 사건으로 세상을 시끌벅적하게 만들었던 한 사람의 이야기가 담길 수 있었겠지만 내 손에 거머쥔 것은 곧 재가 될 부스러기뿐이다. 마지막 대사를 읽는다. 나는 죽었네, 호레이쇼. 이곳은 무덤이 될 것이다. 주원 씨는 죽었을까? 죽지 않았다면 어디쯤 있을까? 최소한

stantly alive, when we've never experienced death, not even once? Can we confidently say that we don't die by sleeping? When someone, asleep and snoring, desperately gasps and chokes, then breathes regularly again, maybe he has died and reincarnated. Maybe death and life is a cycle repeating all the time unbeknownst to us.

Today I have decided to burn the dialogues of Juwon and me. I read them through again from the start to the end. Were we friends? If I had covered his story as planned, a small book on a bus traveler's life might have been born, a story of a man who wrecked the world with the school bus incident might have been included, but what I hold in my hands now is only a crumb, soon to be burnt to ashes. I read the last dialogue. O, I die, Horatio. Here shall be the grave. Is he dead? If not, where is he? Even if he scrapes by on his meager diet, he would no choice but to end his journey someday due to gas and minor repairs that cost him. If his bus trip comes to an end, he might really die.

I slap my cheek one side at a time. My ears ring and my gum stings. It's a minor twinge, not pain. I'm lashing myself, intensifying the force little by lit-

의 음식만 먹으며 지내지만 기름값과 자질구레한 버스
수리비를 지불하다 보면 언젠가 여행을 끝낼 수밖에 없
을 것이다. 버스 여행이 끝난다면 주원 씨는 진짜로 죽
을지도 모른다.

　내 뺨을 한번씩 때려본다. 귀가 멍해지고 잇몸이 찌릿
하다. 고통이라고 부르기엔 미세한 통증이다. 조금씩
강도를 올리면서 때려보고 있다. 내가 나를 때리는 것
에 익숙해지고 있다. 주원 씨는 버스에 매달려 끌려갔
던 아이를 생각하면서 자신의 뺨을 때렸을 것이다. 그
아이는 죽지 않았지만 나는 그 아이를 죽인 거야. 마지
막에 내렸던 아이, 커터로 손등을 긋던 아이를 생각하
면서 세차게 자신의 뺨을 후려갈겼을 것이다. 나는 내
뺨을 때리면서 다른 것을 생각했다. 미안한 사람들을
떠올렸다. 그렇게 자신을 벌준다고 해서 죄가 없어지는
것은 아니다. 주원 씨와 헤어진 게 벌써 이 년 전인데 많
은 순간을 나는 또렷하게 기억하고 있다. 머리보다 뺨
이 주원 씨를 기억하고 있다. 공터의 드럼통에다 피워
놓은 불이 활활 타오르고 있다. 대화로 가득한 공책을
불 속에 던져 넣었다.

tle. I'm getting used to hitting myself. Juwon must have slapped in his face thinking of the boy dangling from his bus. The kid didn't die but I killed him. He must have smacked his cheeks hard thinking of the last boy on bus, who was cutting the back of his hand with a cutter. I thought of something else as I was slapping myself. I thought about people who are sorry. One's sins aren't absolved by punishing oneself in such manner. It's been already two years since we went our separate ways but I vividly remember many moments. My cheeks, rather than my head, remember him. Flames blaze from a fire I stoked up in an oil-drum in an empty lot. I throw the notebook filled with dialogues in the fire.

창작노트
Writer's Note

쉽게 잘 잊습니다. 개인적인 고통이든 역사적 순간이든 쉬 잊어버리고 맙니다. 상처가 생길 새도 없이 많은 일들을 흘려 보냅니다. 문득 내가 서 있는 곳은 현재가 아니라 과거의 한 발 앞일 뿐이라는 생각도 듭니다. 미래를 향해 전진하거나 현재에 충실한 것이 아니라 어딘가로부터 도망치고 있는 중인지도 모르겠습니다. 소설을 쓰는 내내 등장인물 주원 씨가 고통스럽게 바라보고 있는, 지나간 일들을 함께 보려고 노력했습니다.

영화감독 미하엘 하네케는 왜 그토록 고통의 경험을 표현하는 것에 집착하냐는 질문을 받고 이렇게 대답했

I forget easily. Personal pain, historical moments —I forget them all. I let so many things go without allowing time for wounds to form. I sometimes find myself living not in the present but just one step ahead of the past. Maybe I'm not moving toward the future or committed to the present but running from something. Juwon confronted his past in agony, and I tried to look at it with him as I wrote this story.

Film director Michael Haneke was once asked why he was so obsessed with depicting painful experiences, to which he said he was very afraid of pain, and that was all. I needed courage to face

습니다. "나는 고통이 매우 두려워요. 그게 답니다." 두려워하는 것을 마주한 채 한참을 바라볼 수 있는 용기가 필요했고, 소설을 쓰는 동안 그런 용기를 얻기 위해 노력했습니다.

수상 소식을 듣고 조금 얼떨떨했습니다. 소설을 끝내고도 주원 씨를 이야기 속에 버려두고 온 것 같아서 마음이 불편했는데, 이렇게 상까지 받고 나니 더욱 미안한 마음이 듭니다. 어디서 이야기를 끝낼지는 소설가가 결정할 일이지만, 절대 끝나지 않는 이야기가 있다는 것도 알고 있습니다. 주원 씨가 이야기 속에 남아 있다는 사실을 잊지 않겠습니다.

특별하게 진행된 선정 과정을 알고 있기에 많은 분들에게 고맙습니다. 제 소설을 선택하셨든 그렇지 않았든 각자 두려워하던 어떤 순간, 장소, 기억, 냄새, 사람, 상황이 떠올랐다면, 그래서 그걸 잠깐이나마 응시할 수 있는 시간이 있었다면, 저에게는 큰 기쁨이겠습니다. 이야기 속에 들어와 준 모든 분들께 진심으로 감사드립니다.

something I fear and look at it for a long while, and as I wrote this story, I tried to gain that courage.

I was a little dazed when I heard that the story had received the award. I had felt I'd abandoned Juwon in the story after I finished "Corpse on Vacation," which made me feel uncomfortable, and I feel even worse for him now that the story's won an award. The novelist decides where the story ends, but I know that some stories never, ever end. I will not forget that Juwon is still living in the story.

In light of the special selection process for the award, I am grateful to so many people. Whether you chose my story or not, if the story reminded you of a moment, place, memory, scent, person, or a situation that you were afraid of and you were able to gaze at it for a while, that makes me very happy. I'd like to express my most heartfelt thanks to everyone who came into the story.

Translated into English by Jamie Chang

해설
Commentary

죽음(충동)이라는 그 거대한 입

이경재(문학평론가)

　김중혁이 등단하기 전까지 한국현대소설은 주로 대
다수 사람의 실제적인 삶에 관해 말하는 것을 주류로
삼았다. 그것은 분단이나 노동 문제와 같이 구체적인
삶의 실상을 전달하여 많은 공감을 일으키는 방식이었
다고 할 수 있다. 세상의 곳곳에 존재하여 누구나 가슴
속에 담고는 있지만 아직 발화되지 않은 이야기를 생생
하고 감동적으로 작품화하는 것이 한국 소설가들의 기
본적인 모습이었다. 그러나 2000년《문학과 사회》에 소
설「펭귄뉴스」를 발표하며 등단한 김중혁은, 어딘가에
반드시 존재할 것 같은 이야기가 아니라 어딘가에 절대
존재하지 않을 것 같은 이야기를 집요하게 발견 혹은
발명하여 설득력 있게 작품화해왔다. 이러한 작가상은

The Gaping Mouth of Death[Drive]

Lee Kyung-jae(Literary critic)

Before Kim Jung-hyuk appeared on the Korean literary scene, mainstream contemporary Korean literature consisted of narratives that realistically portrayed the lives of the majority. Conveying close depictions of real-life issues such as division and labor to inspire empathy in readers was the default method. Rendering vivid, touching narratives of stories that exist within the hearts of people all over the world but yet to be verbalized formed the foundation of how Korean writers worked. Kim Jung-hyuk, on the other hand, made his debut in 2000 with "Penguin News" published in *Literature and Society*, and have since been obsessively un-earthing or inventing stories that couldn't possibly

그 이전의 한국문학사에서는 쉽게 발견하기 어려운 모습이다. 20여 년에 이르는 작가 생활 동안 그는 후진을 모르는 자전거, 손으로 만지는 막대 지도, 면접관을 시험 보는 응시생처럼 낯설지만 결국에는 고개를 끄덕이게 만드는 서사를 끊임없이 선보여왔다. 이러한 이야기가 더욱 의미 있었던 것은, 그것이 말초적인 흥미를 자극하는 휘발성 재미가 아니라 삶과 인생에 대한 깊은 음미를 가능케 하는 예술적 여운을 동반하고 있었다는 점이다.

「휴가 중인 시체」에서 주원(가명)은 '나는 곧 죽는다'라는 말이 쓰인 버스에서 생활하며 전국을 돌아다닌다. 여기에 초점 화자인 '나'가 동행하며 이야기는 시작된다. 로드 무비의 성격을 지니는 이러한 기본 설정은 낭만적이고 여유로운 모습을 떠올리게 하며, 규격화된 사회에서 예외적으로 존재하는 개성적인 삶을 그린 것으로 보이기도 한다. 모든 존재와 삶을 규격에 가두어 두는 쇠창살과 같은 현대 사회에서 자신의 단독성을 찾는 범상치 않은 인물들의 이야기가 또 한 번 멋지게 펼쳐지는 것이다. 이때의 단독성은 어떠한 일반성의 회로에도 포섭될 수 없는 세계를 말한다. 일반성 속의 개체가

take place anywhere in the world, and turning them into compelling tales. This approach hardly existed in the history of Korean literature before Kim Jung-hyuk. For twenty-odd years, Kim has been proffering a constant stream of strange yet ultimately convincing stories of a bicycle that isn't familiar with the concept of "backwards," a stick map that one reads with one's hands, and an interviewee testing an interviewer. This endeavor takes on a more significant meaning, as his tales carry an artistic echo that inspires a deeper meditation on life and living, not just entertainment that titillates and evaporates.

In "Corpse on Vacation," Juwon(his alias) lives and drives all over the country in a bus that reads "I SHALL DIE SOON" on the side. The story begins with the first-person narrator "I" joins him. The basic premise of such road movie narratives evokes a romantic, leisurely vista, and a portrait of a distinctive life, an exception that goes against the grain in a standardized society. The premise raises expectations of a grand tale of remarkable characters finding their singularity in contemporary society where all individuals and their lives are locked behind the iron bars of standardization. The "singularity" in this context refers to a world that can not be espoused by any circuit of generality. Not an

아니라 예수님이 아흔아홉 마리의 양보다 더욱 소중하다고 말한 단 한 마리의 양, 결코 대체될 수 없는 고유한 삶이나 존재가 바로 단독성의 구체적 실례라고 할 수 있다.

그러나 여기서 멈춘다면, 이번 작품에 대한 독해로는 턱없이 모자라다. 「휴가 중인 시체」는 단독성의 고유한 삶과 더불어 죽음(충동)이라는 삶의 가장 본질적인 문제를 진지하게 다루고 있기 때문이다. 이러한 문제의식은 보편적이고도 본질적인 인생의 비의를 향하고 있다는 점에서 최근 김중혁이 독자들에게 선보이고 있는 작품 세계의 깊이를 보여준다.

주원은 결코 벗어날 수 없는 사건에 결박된 존재이다. 스쿨버스 운전사였던 주원은 술이 온전히 깨지 않은 상황에서 운전하다가 어린 학생을 죽일 뻔한 사고를 낸 것이다. 주원은 한군데 있으면 자꾸 그 사건을 생각하게 되니까 생각하지 않으려고 도망 다니는 중이다. 그 도망의 방식이 세상으로부터 자신을 버스에 '유폐'시킨 채 혼자 방랑하는 것이다. 그 사건은 실수에 불과할 수도 있지만, 주원은 그것이 설령 실수라고 해도 실수라는 건 간단한 게 아니라고 생각한다. 실수는 '모든 기록을 한

entity that is part of generality, but a unique life or being that can not be replaced by anything—like the one lost sheep in Jesus' parable that was more precious than the other ninety-nine—serves as a good example of this singularity.

But the lost sheep does not begin to explain the singularity dealt with in "Corpse on Vacation," which is a sober exploration of the fundamental question of death [impulse] in addition to a unique life. This sensitivity reflects the depth of Kim Jung-hyuk's latest works in its examination of the universal and fundamental in life.

Juwon is a person shackled to an incident he can never get away from. A former school bus driver, Juwon nearly killed a young student while under the influence of the previous night's drinking. Juwon is on the run because staying in one place keeps reminding him of the incident. His method of running away is through "confining" himself on the bus, away from the world, and wandering alone. The incident could have been considered a mere mistake, but Juwon believes that there are no "simple" mistakes—they can "erase all··· records in a flash." Juwon therefore proclaims that he must die on the bus: "'This is my coffin, tomb, my heaven and hell.'"

To be freed from the incident, Juwon goes on

꺼번에 통째로 순식간에 지워 버릴' 수 있기 때문이다. 그렇기에 주원은 버스에서 죽어야 한다며, "여기가 내 관이고, 무덤이고, 천국이고, 지옥"이라고 선언한다.

사건에서 벗어나기 위해 주원은 삶을 건 필사적인 도피를 하지만, 그는 결코 그 사건에서 벗어나지 못한다. 버스에서 생활하면서도 주기적으로 '발작'을 일으킨다. 그것은 양손으로 자신의 뺨을 때리고, 유리창에 머리를 찧으며, 그것도 모자라 고해성사하는 죄인의 탄식 같은 괴성을 지르며 버스를 나갔다가 한참 후에 돌아오는 일련의 행동을 말한다. 그 사건 혹은 실수로 인해 주원은 하나의 상징적 죽음을 경험했다고 해도 과언이 아니다.

'나'는 텔레비전에서 주원을 봤을 때부터 "거울 속에 있는 나를 보는 것 같았다."고 느낀다. 이것은 '나' 역시 이전 삶과의 단절을 이룬 존재, 즉 하나의 죽음을 경험한 존재이기 때문에 가능한 일이다. 주원을 처음 보았을 때, '나'는 "첫 번째 삶이 끝났다는 것"을 확신하며, "두 번째 삶을 어떻게 준비할 것인가"만을 고민하는 중이었다. '나'는 스물아홉에 경제인들의 인터뷰집을 출간해 베스트셀러를 기록하며 돈도 많이 벌고 유명해졌던 '전성기'를 보냈다. 그러나 이후로는 내리막길을 걸어오다

this escape that is a matter of life and death to him but fails. Even as he is constantly on the move, he has his occasional fits: slapping himself with both hands, banging his head against the window, and running out of the bus screaming in agony like a sinner in confession and not coming back for a while. It isn't an overstatement to say that the incident or mistake operates as a symbolic death to Juwon.

"I," the narrator, see Juwon on the television for the first time and recalls the experience, "It was like looking at myself in the mirror." The narrator can identify with Juwon because he is also a being who has experienced a split—also a form of death—with his former life. When the narrator sees Juwon for the first time, he is sure that his "first life had ended" and is trying to figure out "how to get ready for [his] second life." At twenty-nine, the narrator enjoyed his "heyday" when his book of interviews with businessmen became a bestseller and brought him money and fame. By the time he meets Juwon, however, his steady downward tumble has him thinking, "I was ready to die. Speaking of which now, it wouldn't have been strange at all if I'd died then." The corpse-like state of the narrator has an intense reaction to Juwon, another corpse, making

가, "나는 죽을 준비가 되어 있었다. 이제 와 하는 말이지만 그때 죽었어도 하나도 이상할 게 없었다."고 이야기할 만한 상태에 이른 것이다. '나'의 시체와도 같은 상태가 또 하나의 시체인 주원에게 강렬하게 호응하여 둘의 동행은 비로소 가능했다고 볼 수 있다.

둘은 주로 셰익스피어 작품 속의 대사를 주고받으며 시간을 보낸다. 그들에 의해 해석되고 발화되는 셰익스피어는 철저하게 죽음의 프리즘을 통과한 것이다. 「로미오와 줄리엣」을 "사랑 이야기가 아니라 버림받고 남겨지는 이야기"라고 받아들이는 그들의 대화에는 죽음의 빛깔이 진하게 배어 있다. 그 대화는 "지금부터 내 몸이 너의 칼집이구나. 단검아, 그 속에서 녹슬어서 나를 죽게 해다오."(46쪽)나 "죽음만이 우리를 치료해줄 의사라면 죽는 것만이 유일한 처방이야."(48쪽)와 같은 죽음에 관한 이야기들로 이루어져 있는 것이다.

'나'와 주원은 상상계적 거울상들에 불과하다. 그것은 나중에 둘의 대화를 기록한 공책을 보며 '내'가 "두 달 동안 내가 공책에 기록한 내용은 폭탄의 파편 같았다. 어째서 이런 일이 일어났는지, 사건의 핵심이 무엇인지는 알 길이 없었고, 상처받은 한 사람, 분열된 한 사람의 기

this journey together possible.

Juwon and the narrator spend most of their time conversing in Shakespeare-speak, some direct quotes, others variations. Their interpretation and verbalization of Shakespeare have without exception passed through the prism of death. The observation of *Romeo and Juliet* as "not a love story, it's about being deserted and left behind" is steeped in the dark shadows of death. The conversation is composed of commentary on death such as "'O happy dagger, this is thy sheath. There rust, and let me die,'" and "'Therefore my hopes, not surfeited to death, stand in bold cure.'"

The narrator and Juwon operate as mere imaginary specular images to each other. This is evident in the scene in which the narrator looks through the notebook that contains their conversations: "What I recorded in my notebook for two months was like shrapnel of a bomb. There was no way of knowing how come such a thing happened and what its point was. It was simply a record on a hurt, riven man." They are engaged in conversation, but the result is not a record of two people but just one.

The relationship between the two characters in "Corpse on Vacation" is reminiscent of the relationship between "I" and M in "The Glass Shield", an

록뿐이었다."고 생각하는 대목에서도 알 수 있다. 그들은 대화를 나누었으나 실상 그것은 두 사람의 기록이 아닌 한 사람의 기록에 불과하다.

'나'와 주원의 관계는 김중혁의 대표작 중 하나인『유리방패』의 '나'와 M을 떠올리게 한다. 주인공 '나'와 M은 모든 생활을 함께 하며 취업에 매달리는 젊은이들이다. 면접장에도 반드시 함께 들어가야만 하는 둘은 '분리될 수 없는 사이'이며, '동전의 앞면과 뒷면이거나 한 사람의 앞모습과 뒷모습'이다. 그렇기에 그들은 서로의 거울상(Specular image)으로서, '나'(a)에게 M(á)은 상상적 타인이며 M(a)에게 '나'(á) 역시 상상적 타인이다. 두 사람은 매번 면접 때마다 콤비가 되어 만담, 마술쇼, 행상 모습 재연과 같은 각종 이벤트를 벌인다.『유리방패』에서 '나'와 M이 이벤트 연출을 통해 취업이라는 지옥과도 같은 관문을 하나의 유희로 만들었다면,「휴가 중인 시체」는 죽음이라는 절대의 과제를 셰익스피어 대사 놀이라는 방법을 통해 하나의 유희로 만들고 있다. 두 작품 모두 상상계적 이자관계를 통해 현실의 고통을 유희로 견디고자 한다는 공통점을 지닌다.

이 작품의 핵심어를 꼽자면 '죽음'이다. 그것은 너무나

iconic work of Kim Jung-hyuk. The protagonist "I" and M are two young people in the strife of their lives to find employment. The two are "inseparable" like "heads and tails of a coin or the front and back of a person" and must go into interviews together as well. They are specular images of each other, M(à) an imaginary other to "I(a)", and "I(à)" also an imaginary other to M(a). For every interview, the two put on shows as a performing duo—comic sketches, magic shows, and traveling salesmen acts. Just as "The Glass Shield" turns the hell gates of employment into a game through the duo's shows, "Corpse on Vacation" also turns the absolute task that is death into a game by using Shakespeare's lines.

The keyword for "Corpse on Vacation" is death. And it is such a prevailing force that even the child involved in the accident can not escape from the influence of it. The child always sat in seat 12, the window seat, and scratched his own face with a pen or cut his hand with a cutter "like a pain addict." He was always the last to get off the bus and acknowledged Juwon by making eye contact with him, which is understood as the result of seeing that Juwon is "one of his kind." Juwon believes that he and the boy exchanged these words without speaking:

You've seen it all? You know what I'm doing? I

도 압도적이어서 주원이 사고를 낸 아이도 그 죽음의
영향력에서 벗어나지 못한다. 그 아이는 늘 12번 창가
자리에 앉아서 "폭력에 취한 중독자"(38쪽)처럼 볼펜으
로 자기 얼굴을 긋거나 커터칼로 손등에 상처를 내고는
했다. 늘 마지막에 내리며 주원에게 눈인사했는데, 그
아이는 주원도 "자기와 같은 부류라는 걸"(40쪽) 알아차
린 결과라고 볼 수 있다. 그때 주원은 이런 이야기를 소
리 없이 주고받았다고 여긴다.

아저씨는 다 봤지? 내가 뭘 하는지 알지? 나는 알
지. 그런 인사를 했습니다. 알지, 다 알지. 눈으로만 인
사했습니다. 곧 끝날 거야. 지긋지긋한 것들이 다 끝
나고 나면 네 마음대로 살 수 있을 거야. 조금만 참아
봐. 나는 달라, 나는 다 알지. 그건 거짓말이었어요. 나
는 다르지 않고, 아무것도 끝나는 건 없어요.(40쪽)

둘의 대화 속에는 거부할 수 없는 숙명으로서의 죽음
더 나아가 죽음 충동(Death drive)의 모습이 어른거린다.
이 아이 역시 죽음을 향한 그 강렬한 충동을 거부할 수
없었던 것이고, 주원은 그 거대한 힘으로부터 아이를

know. Such were his goodbyes. I know, I know it all. I only said with my eyes. It'll be over soon. After all these tiresome things end, you'll get to live the life you want. Hold on a little longer. I'm different. I know it all. That was a lie. I'm no different and nothing ever ends."

Lurking in this conversation is death as an ineluctable fate, and further, the death drive. The child could not escape from the intense drive for death, and Juwon wanted to protect the child from the enormous force. This gesture is more accurately an attempt to protect himself, not the child, from the enormous hollow called death. Therefore, when Juwon nearly kills none other than the boy in seat 12 in the bus accident, Juwon's agony is intensified as the incident operates as a fateful revelation that he will never triumph over his death [drive]. The accident that was Juwon's mistake, in this way, turns into "the event" in the sense of Alain Badiou; the death [drive] can be traced back to the boy in seat 12, then Juwon, then "I."

Atonement and mourning, which Juwon tries to suffer with his entire being, becomes the most urgent life task for all humans whose fates are inexorably tied to death [drive]. Juwon and the narrator,

지켜주고 싶어 했다. 그것은 실상 아이가 아닌 자기 자신을 죽음이라는 그 거대한 허방으로부터 지키고자 하는 몸짓이었다고 보는 것이 정확하다. 그렇기에 주원은 다른 아이도 아닌 바로 그 12번 창가 자리의 아이를 죽게 할 수도 있는 사고를 낸 후에 그토록 괴로워한 것이라고 할 수 있다. 그것은 결국 자신이 죽음(충동)과의 투쟁에서 결코 승리할 수 없으리라는 숙명적 계시와도 같은 것이기 때문이다. 이러한 과정을 거쳐 주원이 낸 실수로서의 사고는 결국 알랭 바디우(Alain Badiou)적 의미의 절대적 '사건'이 되고 말았다. 그러고 보면 죽음(충동)은 12번 창가 자리의 아이에서 시작해 주원을 거쳐 '나'에게까지 이른 것이거나, 반대의 순서를 밟은 것이라고도 할 수 있다.

이제 주원이 자신의 전 존재를 걸고 감당하고자 하는 속죄와 애도는 죽음(충동)을 숙명으로 하는 모든 인간의 가장 시급한 일대사(一大事)가 된다. 그 방식에 있어 주원과 '나'는 갈라진다. 주원이 도로 위에서 차에 치인 고라니에게 굳이 주사를 놓아서 죽음으로 이끄는 것에서도 드러나듯이, 주원은 죽음(충동)이라는 그 '절대 반지'의 영향에서 벗어나지 못한다. 주원과 '나'에게 시비

however, are divergent in their approach. When Juwon finds an injured water deer on the road, he sends it straight to death by giving it a lethal injection. This reveals that Juwon can not escape from the influence of the One Ring that is death [drive]. Juwon is already one with death, as his soliloquy of despair in response to the village bullies reveal:

"If you want it so badly, I shall be your death. If you can't imagine the demise of the world, I shall destroy the world. I've seen it all. I've seen all you couldn't see. I've seen your death, I saw you slashing your body with a knife. I witnessed it all with my own eyes. All the pains penetrated my body, so that's why I have this huge hole in my belly."

The sincerity of Juwon's attitude certainly deserves to be respected, but the helplessness and darkness of his depressive attitude must not be overlooked. For in the end, Juwon reaches the world he fights so hard to avoid—the dark gaping hole that is death.

"I," Juwon's ego in the imaginary order who shares Juwon's joys and pains for some time, chooses a path different. The symbolic gesture of burning the notebook containing their conversations at the

를 거는 마을 청년들 앞에서 절규하듯이, 주원은 이미 죽음과 하나가 된 존재다.

"당신이 그렇게 원한다면 내가 죽음이 되어줄게. 세계가 멸망하는 걸 상상하지 못한다면 내가 세상을 멸망하게 해줄게. 나는 다 봤어. 당신이 보지 못한 것들을 다 봤다고. 죽음도 봤고 칼로 몸을 긋는 것도 봤고 내가 이 두 눈으로 다 봤어. 모든 고통이 내 몸을 관통했고, 그래서 이렇게 배에 커다란 구멍이 나 있는 거라고." (62쪽)

주원의 태도 속에 담긴 진정성은 충분히 존중받아야 하지만, 그 우울증적 태도 속에 담긴 한없는 무력감과 어두움도 잊어서는 안 된다. 주원이 도달한 세계는 그토록 거부하고자 했던 세계, 즉 죽음이라는 검은 구멍일 뿐이기 때문이다.

한동안 주원의 상상계적 자아로서 동고동락했던 '나'는 주원과는 다른 선택을 한다. 그것은 작품의 마지막에 주원과 나누었던 대화를 기록한 공책을 불 속에 던져 넣는 모습을 통해 상징적이지만 선명하게 드러난다. 그

conclusion of the story is a clear indication. These thoughts preceding the incineration of the note-book clearly shows that the narrator's action comes after due deliberation over the meaning of Juwon's life:

I slap my cheek one side at a time. My ears ring and my gum stings. It's a minor twinge, not pain. I'm lashing myself, intensifying the force little by lit-tle. I'm getting used to hitting myself. Juwon must have slapped in his face thinking of the boy dan-gling from his bus. The kid didn't die but I killed him. He must have smacked his cheeks hard thinking of the last boy on bus, who was cutting the back of his hand with a cutter. I thought of something else as I was slapping myself. I thought about people who are sorry. One's sins aren't ab-solved by punishing oneself in such manner.

Before burning the notebook, "I" thoroughly ex-perience Juwon, by repeating Juwon's behavior and undergoing Juwon's physical experience as well. But the reenactment leads the narrator to a different realm rather than resulting in another Juwon. The method Juwon has opted for can not be a true atonement but another death, and the new story that

리고 공책을 불 속에 던져 넣기 이전에 하는 다음과 같은 생각은 '나'의 행동이 주원의 삶에 담긴 의미까지 충분히 숙고한 후에 이루어진 것임을 분명하게 보여준다.

내 뺨을 한번씩 때려본다. 귀가 멍해지고 잇몸이 찌릿하다. 고통이라고 부르기엔 미세한 통증이다. 조금씩 강도를 올리면서 때려보고 있다. 내가 나를 때리는 것에 익숙해지고 있다. 주원 씨는 버스에 매달려 끌려갔던 아이를 생각하면서 자신의 뺨을 때렸을 것이다. 그 아이는 죽지 않았지만 나는 그 아이를 죽인 거야. 마지막에 내렸던 아이, 커터로 손등을 긋던 아이를 생각하면서 세차게 자신의 뺨을 후려갈겼을 것이다. 나는 내 뺨을 때리면서 다른 것을 생각했다. 미안한 사람들을 떠올렸다. 그렇게 자신을 벌준다고 해서 죄가 없어지는 것은 아니다.(84쪽)

공책을 태워버리기 전에 '나'는 온전히 주원을 경험한다. 그것은 주원의 행위를 반복하여 주원의 감각까지도 그대로 경험하는 일에 해당한다. 그러나 추체험을 통해 '나'는 주원을 그대로 따라 하기보다는 '다른 것을 생각'

will fill the narrator's notebook after he has parted ways with Juwon is the true beauty of writing that Kim Jung-hyuk will show us in his future works. "Corpse on Vacation" is the definitive tragedy of our times that lays bare the frightening depths of the fundamental human condition of death [drive] from which new possibility of life emerges.

Translated into English by Jamie Chang

하는 새로운 차원으로 나아간다. 주원과 같은 방식은 결코 진정한 속죄가 아니라 또 다른 죽음일 뿐이기 때문이다. 주원과 결별한 이후의 '나'의 노트에 쓰일 새로운 이야기야말로 김중혁이 앞으로 보여줄 예술의 진경에 해당할 것이다. 김중혁의「휴가 중인 시체」는 인간의 근원적 조건인 죽음(충동)의 그 무서운 심연과 거기서 비롯되는 삶의 새로운 가능성을 보여준 우리 시대의 비극이다.

비평의 목소리
Critical Acclaim

김중혁 작가는 인물의 관계 설정을 통해 재난에 처한 인간의 대응 방식 변화를 표현한다. 그리고 종결 부분에서 물리적으로는 아니지만 인물이 함께하는 장면으로 끝내는 장면을 많이 드러내고 있다. 이러한 변화는 인간 능력 영역 밖이라는 재난 상황에서, 그것이 인간에게 주어지는 한계상황이든 아포리아라는 막다른 길이든 살아남는 자들에게 중요한 것이 무엇인지를 전언하려는 의도적 변화임을 깨닫게 된다.

윤정화, 「김중혁 소설에 나타난 재난 서사의 변주」,
《대중서사학회》 2018년 2월호

김중혁이 생각하는 작가-독자의 관계는 한편으론 에로틱한 육체적 접촉과도 같지만, 또 한편으론 지도를 만드는 자와 지도를 읽는 자의 관계와도 같다. 김중혁은 소설 속에서 하나의 세계를 구축하지 않고, 세계를 읽을 지도를 제작한다. 지도 제작은 입체적 세계의 평면화 작업부터 시작된다. 그래서 김중혁의 소설 속의 세계는 대체로 실재한다는 느낌의 디테일도 환영도 거느리지 않고, 다만 작가가 무수한 정보 수집 끝에 잡아낸 세계상의 축도처럼 기능한다.

김정아, 「종말론자 김중혁의 소설 속에 창안되는 이야기 공동체」,
《한국문학이론과 비평학회》, 2017년 12월호

Through the relationship Kim Jung-hyuk sets up between his characters, the writer portrays the changing ways people handle disaster. Many of his stories end with scenes where the characters come together, if not always in terms of physical proximity. These changes in disaster situations that people cannot control—reaching the breaking point or a dead-end called aporia—are a deliberate attempt to convey what is important to those who survived.

Yun Jeong-hwa, "The Variations of Disaster Narratives in Kim Jung-hyuk Fiction." *Daejung Narrative,* 2018.

The author-reader relationship Kim Jung-hyuk tends toward is on the one hand like an erotic physical contact, but on the other hand that of a cartographer and map user. Rather than building a work in a story, Kim puts together a map. Cartography begins with fitting a three-dimensional world into a flat surface. The worlds in Kim's stories do not accompany details and illusions that point toward an existing world, but function a scale model of a worldview the writer has captured based on massive amounts of data.

Kim Jeong-ah, "Narrative Community Invented in Apocalyptist Kim Jung-hyuk Fiction." *Korea Literary Theory and Criticism,* 2017.

Translated into English by Jamie Chang

K-픽션 스페셜
휴가 중인 시체

2019년 9월 30일 초판 1쇄 발행
2021년 6월 30일 초판 2쇄 발행

지은이 김중혁 | **옮긴이** 정이정 | **펴낸이** 김재범
기획위원 전성태, 정은경, 이경재, 강영숙
편집 김지연, 강민영 | **관리** 홍희표, 김주희 | **디자인** 나루기획
인쇄·제책 굿에그커뮤니케이션 | **종이** 한솔PNS
펴낸곳 (주)아시아 | **출판등록** 2006년 1월 27일 제406-2006-000004호
주소 경기도 파주시 회동길 445
전화 031.955.7958 | **팩스** 031.955.7956 | **홈페이지** www.bookasia.org
ISBN 979-11-5662-173-7(set) | 979-11-5662-418-9(04810)
값은 뒤표지에 있습니다.

K-Fiction Special
Corpse on Vacation

Written by Kim Jung-hyuk | **Translated by** Jung Yi-jung
Published by ASIA Publishers
Address 445, Hoedong-gil, Paju-si, Gyeonggi-do, Korea
Homepage Address www.bookasia.org
Tel.(8231).955.7958 | **Fax.**(8231).955.7956

First published in Korea by ASIA Publishers 2019
ISBN 979-11-5662-173-7(set) | 979-11-5662-418-9(04810)

001 버핏과의 저녁 식사-박민규 Dinner with Buffett-Park Min-gyu

002 아르판-박형서 Arpan-Park hyoung su

003 애드벌룬-손보미 Hot Air Balloon-Son Bo-mi

004 나의 클린트 이스트우드-오한기 My Clint Eastwood-Oh Han-ki

005 이베리아의 전갈-최민우 Dishonored-Choi Min-woo

006 양의 미래-황정은 Kong's Garden-Hwang Jung-eun

007 대니-윤이형 Danny-Yun I-hyeong

008 퇴근-천명관 Homecoming-Cheon Myeong-kwan

009 옥화-금희 Ok-hwa-Geum Hee

010 시차-백수린 Time Difference-Baik Sou linne

011 올드 맨 리버-이장욱 Old Man River-Lee Jang-wook

012 권순찬과 착한 사람들-이기호 Kwon Sun-chan and Nice People-Lee Ki-ho

013 알바생 자르기-장강명 Fired-Chang Kangmyoung

014 어디로 가고 싶으신가요-김애란 Where Would You Like To Go?-Kim Ae-ran

015 세상에서 가장 비싼 소설-김민정 The World's Most Expensive Novel-Kim Min-jung

016 체스의 모든 것-김금희 Everything About Chess-Kim Keum-hee

017 할로윈-정한아 Halloween-Chung Han-ah

018 그 여름-최은영 The Summer-Choi Eunyoung

019 어느 피씨주의자의 종생기-구병모 The Story of P.C.-Gu Byeong-mo

020 모르는 영역-권여선 An Unknown Realm-Kwon Yeo-sun

021 4월의 눈-손원평 April Snow-Sohn Won-pyung

022 서우-강화길 Seo-u-Kang Hwa-gil

023 가출-조남주 Run Away-Cho Nam-joo

024 연애의 감정학-백영옥 How to Break Up Like a Winner-Baek Young-ok

025 창모-우다영 Chang-mo-Woo Da-young

026 검은 방-정지아 The Black Room-Jeong Ji-a

027 도쿄의 마야-장류진 Maya in Tokyo-Jang Ryu-jin

028 홀리데이 홈-편혜영 Holiday Home-Pyun Hye-young

029 해피 투게더-서장원 Happy Together-Seo Jang-won